우리 슬픔은 기쁨의 그림자래

서하

경상북도 영천에서 태어났다.
1999년 『시안』을 통해 시인으로 등단했다.
시집 『아주 작은 아침』 『저 환한 어둠』 『먼 곳부터 그리워지는 안부처럼』 『외등은 외로워서
환할까』 『우리 슬픔은 기쁨의 그림자래』를 썼다.
제33회 대구문학상, 제1회 이윤수문학상을 수상했다.

파란시선 0173 우리 슬픔은 기쁨의 그림자래

1판 1쇄 펴낸날 2026년 2월 10일
지은이 서하
인쇄인 (주)두경 정지오
디자인 이다경
펴낸이 채상우
펴낸곳 (주)함께하는출판그룹파란
등록번호 제2015-000068호
등록일자 2015년 9월 15일
주소 (10387) 경기도 고양시 일산서구 중앙로 1455 대우시티프라자 B1 202-1호
전화 031-919-4288
팩스 031-919-4287
모바일팩스 0504-441-3439
이메일 bookparan2015@hanmail.net

ISBN 979-11-94799-25-2 03810

값 12,000원

우리 슬픔은 기쁨의 그림자래

서하 시집

시인의 말

슬픔은 슬픔일 뿐
다시, 발걸음 옮겨야 하리
닿을 수 없는
불취어상(不取於相)의 그곳,
닿을 때까지

차례

시인의 말

제1부

언니 들어가

　맨홀 앞에서도 언니 들어가, 부엌 아궁이 앞에서도 언니 들어가, 깜깜한 냉동실 앞에서도 언니 들어가, 펄펄 끓는 국 솥 앞에서도 언니 들어가, 기저귀 갈아 주는 엄마 앞에서도 언니 들어가, 화장장 앞에서도 언니 들어가, 무덤 앞에서도 언니 들어가

　긴 통화 끝낼 때 그녀가 즐겨 쓰는 말,
　―언니 들어가

　우체통에 사정없이 밀어 넣는 편지 같은, 와글대는 종량제 봉투 꾹꾹 눌러 묶은 매듭 같은, 무한 재생 여자의 일생을 꾹 눌러 꺼 버리는 스위치 같은, 소낙비 쏟아진 후 접은 우산에서 떨어지는 빗물 같은, 숙변 쏟아 낸 뒤 쓰윽 닦은 휴지 같은

　따르르, 따르르 뚫은 구멍으로 청딱따구리 들어가듯, 언니 들어가, 기준도 표준도 없이 계속 번지는 들불처럼

　그녀 입안에, 내 귀에 소복한 언니 들어가

애기단풍

― 너는 아직 푸르구나 아가야, 초록이 내장산에 젖 물리고
있구나 아가야, 다른 행성에 온 듯, 붉어 본 적 없는 거미 저
혼자 공중그네 타며 뒤척여 아가야

단풍이란 말, 남의 옷 빌려 입은 듯해 아가야, 천성이 선
혈처럼 붉은 아가야, 물들어야 할 때 물들지 않은 것은 직무
유기야 아가야

내야 할 세금 내지 않아, 과태료 붙듯 머리는 또 자라나 아
가야, 잠결에도 잘 들어 아가야, 세상일 다 때가 있더라 주
춤대지 마 단풍미용실 원장은 때를 죽이기도 하고 살리기
도 해

여기는 좀 살려 주시고 여기는 좀 죽여 주세요

죽어서 더 잘 사는 것도 있긴 해, 살아야 할 때 살지 않은
것, 쌕쌕 늦잠 든 초록 눈을 지퍼처럼 열어 캄캄함을 흔들어
아가야 너는 지금 붉어질 때야 아가야

― 언제 일어날래 아가야, 파랗게 울래, 발갛게 웃을래, 간사

하게 울래, 감사하며 웃을래, 비도 무지개도 다 네 안에 있
어, 아가야

도토리묵

상수리나무를 열었는데 언덕이 나왔어 언덕을 열었는데
다람쥐가 나왔어 다람쥐를 열었는데 떫은 어제가 흘러나
왔어

때로는 처먹어야 제맛이 나는 슬픔도 있어 슬픔 한 모 손
바닥에 올려놓고 바람의 칼로 치면, 면이 우르르 쏟아졌어

노모의 등쳐 먹는 사람과 함께 묵 처먹을 때
저만치 도토리를 지키려는 도토리 모자,
그 모자를 지키려 그늘을 막판까지 끌고 갔던 나뭇잎이
바스락거리든 말든

묵은 묵언 중

침묵은 탈탈 털어도 가벼워지지 않아 과묵이 도미노처럼
기대 오기도 해

앞면과 뒷면을 젓가락으로 집어 들 때, 조심해야 할 일은
손아귀의 힘을 푸는 일이야

다람쥐 한 마리 달려들어 놓친 묵이, 놓친 놈처럼 빤히 쳐
다봐

외면과 대면 사이, 흘린 양념장 혓바닥으로 쓰윽 닦으며,
상수리나무가 언덕을 데굴데굴 삼키고 있어

동의

숲이 힘들대요 힘들다는 말만 힘 있네요 힘들다는 게 뭐
예요 먹는 거예요 압력밥솥의 압력처럼 힘은 잠시 빼 두셔
도 돼요 사막을 잘 지나가려면 타이어에 공기압을 조금 빼
주세요

육아가 힘들어 다육이를 키우나요 다육이 병원에서 우리
아이가요, 코감기 들었나 봐요

절벽에 선 소나무가 힘들까요 소나무를 물고 있는 절벽이
힘들까요 '다들 힘들다'는 말, 뒤집어도 '다들 힘들다'예요
떨어지는 솔방울은 잡았던 손의 악력이 떨어진 것일까요

땀 흘리며 해구신을 먹고 입술을 쓰윽 닦으면, 발걸음이
가벼워지나요 왜 이러세요 밥 한 숟갈 먹지 않아도 신호등
은 달리는 자동차를 세워요

힘들면 하마한테 달려가서 울어도 돼요 뜨겁지 않은 척,
칙칙칙…

엄마를 하마처럼 사용해도 돼요 잘못 휘청였네요 하마를

엄마처럼 사랑해도 돼요

　부디 힘내세요 젖 먹던 힘은 주민자치센터에서 나이테 순
으로 주나요 어디에서 꺼내나요

　미안해요 꽃 한 송이가 피는데도 온 우주의 동의가 필요
하대요

　하마터면, 윙윙 울 뻔했네요, 바람 따라 울창해져도 모른
척할게요

쉿! 슬픔이 지나가고 있어요

고속도로 터널 입구에선 자동차도 서둘러 입을 닫아요
쉿! 슬픔이 지나가고 있어요 슬픔은 다리를 넷이나 데리고
무사히 지나갈 수 있을까요 왼쪽에서 오른쪽으로 지나갈까
요 아니 슬픔이 단순 변심해 돌아가면 어쩌나 고독은 길게
움츠러들어요

길이

슬픔의 심장 한 조각을 베어 먹어요 심장은 너무 뜨거워요
길의 뱃속에서 불 밝힌 슬픔이 지나가도록 조용히 해 주실
래요 어떤 슬픔은 꽉 쪼인 발보다 가슴이 더 아파요 허공 가
르며 맨발을 터는 고라니가 몰래 지나가듯, 어깨가 낡은 지
붕처럼 휘어진, 아버지의 구순도 몰래몰래 지나가고 있어요

보이지 않아 없다는 말은 너무 희미해요 터널을 뚜껑처럼
열면 쪼그리고 있는 세월이 보일까요 이미 지나갔거나 지
나가지 않았거나 지워지지 않는 것이 있어요 맨발로 서성
이는 슬픔은 언제 지나갈까요

입꼬리 올려 좀 지나갑시다 그 말 나오지 않아 만원 버스

에서 내려야 할 승강장을 놓친 적 있어요 파계로 지나 고향
마을 요양원 가는 길, 지나간 사람과 지나갈 사람의 안부가
꽉 차 지나가지 못하는 게 있어요, 그게 바로 세월이라면

따뜻한 무관심

냉정도 정일까요 유통기한이 없는 것들도 때론 변해요 변심은 가파른 계단처럼 소심해요 결심 따윈 필요 없어요 자연스럽게 구르되 부디 선 넘진 마세요 냉랭에도 중심이 있어야지요

빛을 등진 사각지대가 아니어도 위악과 위선은 서로 싸워요 그게 계란 속껍질 같은 보호막인가요 감정 소모는 너무 피곤해요 요점만 말해 줄래요

무거운 짐 진 사람 외면하니 새털처럼 가볍던가요 아랫목에도 경계와 한계는 있다지요 무턱대고 받아들이는 확신은 신발이 아니에요

지저귀는 새는 제 노래를 결코 자랑하지 않아요 이해합니다 자랑해야겠으면 고요한 못물에게 해요 입 없는 뒷산 무덤에게 해요

발바닥이 흰 것은 항상 숨어 있어서래요

꽃이 꿀을 품고 있으면 부르지 않아도 나비는 날아와요

시간은 거꾸로 돌지 않아요

　두툼한 구름 책이 말해요 뿌리는 열매 자랑하지 않고 열
매는 뿌리 흉보지 않는 게 세상사라고

　내심과 뒷심 부근이에요 냉담은 담이 아니어서 무꽃 향기는
냉담을 넘지 않는대요

싱싱한 불편

새 타월로 헌 얼굴을 닦는다

'팔순 기념 김영순 여사'만 빤히 쳐다볼 뿐

싱싱한 것은 왠지 불편해

신장개업한 식당 숟가락에 비친

일그러진 괴물에 놀란 적 있지

뒤꿈치 벗겨진 구두도

수압 센 새 비데도 그렇다

감히 말 붙일 수 없었던

네가 그랬고

눈 찔끔 감고 밀어내던

나도 그랬다

낯선 사람처럼 겉돌던 시간

서로 눈길 피하는

나는

불편보다 연하입니다

히비스커스와 희비 섞어서

一 히비스커스 차를 마시며 생각해 여긴 반반 치킨처럼 기쁨과
슬픔이 섞여 있진 않아 갑자기 달려드는 슬픔은 외면할수
록 더 오래 엉기지 아무도 슬픔의 이야기에 귀 기울이지 않
아 그렇다고 비히스커스라 하면 왠지 어색하잖니

독초는 사람을 죽일 수도 있지만 불치병을 고치는 약이
되기도 해

아무리 초연해지려 해도 슬픔은 슬픔이고, 기쁨은 기쁨일
수밖에 없어 슬픔 속에서 성장할 수 있는 여지가 더 많았어
슬픔이 나를 투명하게 만들기도 해 슬픔이 그리 슬프지만
않다는 것을 배웠어

우리 슬픔은 기쁨의 그림자래

슬픔의 발목에 스스로 족쇄를 채우지 마 싸움이 없으면
평화가 있는 줄도 모르잖아 히비스커스가 없었을 때에도
독초와 태풍, 마음은 다 양면으로 존재했다지

一 어느 쪽으로도 기울지 않는 천칭 저울 같은 걸, 정의라고

할까

아침이 오면 저녁이 오듯이 기쁜 것도 슬픈 것에서 나와

보이지 않을 뿐, 기쁨이 함께 오기 때문에

슬픔이 결코, 어둡지 않대

이쑤시개가 하는 말

채 썬 기회는 굵지 않아요
뭉툭하지도 않아요

비록 가늘고 뾰족하지만
미처 삼키지 못한 울음 뽑아 드릴게요

아닌 척 성가신 것들
언제나 뽑고 싶은 것들이 있지요

가령, 증오와 질투, 어둠의 뼛조각 같은 것들

그렇다고 대책 없이 여기저기 들쑤시진 않아요
충고 같은 피를 보기도 하거든요

다슬기 그 좁은 동굴에서 시냇물을 뽑아 올리며
나름 뽑는 일 전문이지만
새치 머리까지 넘보진 않아요

뽑을 것이 많아 퇴직 걱정은 안 해요

고사리의 이유 없는 고집과, 시금치의 끈질긴 집착
내년에 먹을 갈비찜과, 얼버무린 작별 인사
찬물 마시고 이 쑤시는 사자의 허세까지

속 시원히 뽑아 드릴게요

국경선의 바리케이드 위에 내려앉은 새들의 이름
다 부르지 못하듯

조금 서툴지만 끝끝내, 진심이에요

일이 작다고 행하지 않으면 성취되지 않는대요

*국경선의 바리케이드 위에 내려앉은 새들의 이름: 비스와바 쉼보르스카의
「끝과 시작」에서 빌림.
*일이 작다고 행하지 않으면 성취되지 않는대요: 『순자(荀子)』 「수신편
(修身篇)」에서 빌림.

긴장 몇 포기 하셨어요

반으로 가른 배추를 펼쳐요 노란 속지가 꽃이네요 꼬랭이에
묶인 한 잎 한 잎 젖혀 가며 읽다 보면 금방 벌게져요 이해
는 저리도 붉어요 표지 같은 앞치마에도 낙서 같은, 붉은 것
들은 오지게 매워요 양념이, 태양이, 노을이 그래요

책을 켜고 불을 읽을 때, 호호거리며 두 장씩 넘겨 경중경중
읽으면 안 돼요 속도보다 방향, 경찰차가 빙빙 도는 경광등
보며 괜히 긴장하듯, 살얼음의 옆모습을 읽어요

건성으로 하는 사랑은 금방 들켜요

황석어젓처럼 곰삭은 여인이 긴장 몇 포기하셨어요 안부
물을 때, 김치 통에 사는 만성 요통이 길어 올린 대답, 페이
지마다 둥지 트는 긴장은 언제 책장이 되나요

갓 태어난 긴장이 가장 맛있다 우기지 않아도, 아득하고,
가득하고, 어둑한 긴장, 식기 전에 어서 두툼을 썰어야지요
빛나는 문장 덕분에, 숭덩숭덩 썬 긴장을 결 방향으로 차근
차근 읽어요 그저 읽을 뿐, 보이지 않는 긴장, 굳이 셀 필요
있나요

내가 말,이오
—오탁번 시인(1943–2023)

—내가 말,이오, 변수가 많아요 시간 되면 원서헌 한번 다
녀가요

황사 먼지가 먼 산을 지우는 2023년 2월 6일, 건너편 당산
나무가 인사를 한다 까만 털모자를 쓰고 사택 앞에서 플라
스틱과 캔, 종이를 분리수거하며 찡긋

—내가 말,이오, 다 비우니까요 머리가 하얘져서 시가 뽀
글뽀글 기어 나와요 사는 것도 다 버리려고 살지요 입가에
걸린 합죽 웃음

은핫물에 젖은 바지 말리듯, 바람벽에 붙여 둔 신작 '돌 도
둑', '눈물로 간을 한 마음'을 살피는데
—내가 말,이오, 그거 다 진통제로 쓴 거요, 길게 내뿜는
한숨 소리

최고의 복장은 표정, 슬프지 않은 척했다

천등산이 일어서는 듯 휘청!
—뭐 하시게요, 선생님

─내가 말,이오, 시든 모습 안 보여 주려고 고급 진통제 먹었는데 아이고 들켰네, 멀리 대구서 왔는데 아껴 둔 고급 커피 대접하려고요

겉은 아프지 않은 듯, 속은 몹시 아픈 듯, 느티나무 우듬지를 지나는 혼곤한 구름이 우멍하다

─내가 말,이오, 옛날에는 호박잎이나 짚으로 뒤를 닦았지만, 노인 냄새 날까 봐 어제 비데를 새로 달았어요 진통을 뒷물하며 물방울 소리 귀동냥이라도 하려는 걸까

'비데'란 말이 왜 '비보'란 말로 들리는지

끓여 간 전복죽을 개다리소반에 내놓으며 이 슬픔이 전복(顛覆)되기를 빌고 또 빌었다

이튿날 아침, 삐뽀삐뽀 느닷없이 나타난 변수의 품에 안겨 한 말씀 하셨을까

─내가 말,이오, 내가 말(未)이오? 에헴!

제2부

마늘종

　—야야, 마늘종은 확 뽑아 뿌믄 안 된데이 헤어지자는 말
에는 받침이 없어 끝끝내 앉을 곳 없는 새와 같으니라 날아
도 나는 게 아이데이 웃음기 없는 입술이 헤어지자는 말 뱉
어 낼 때도 나름 색깔이 있데이 꽃 필 때 다르고 낙엽 질 때
다르고, 비 오는 아침 다르고 마늘 타는 저녁 다르데이 어떤
기 옳은지 그른지, 우야든동 니는 사랑에 목매지 말거래이

　마늘종 백 개에 단돈 이백 원, 이슬 묻은 아침 한 포대 판
돈이 돼지국밥 한 그릇 값이 안 되어도 허허 웃는 아부지

　—있을 때 아껴야제 없으면 아낄 것도 없데이
　꼬리 끊은 도마뱀 같은 마늘종 덕분인지 여문 하늘이 매운
세상 꼬옥 끌어안고 있네

　안고 있단 생각도 없이

*안고 있단 생각도 없이: 올라브 하우게의 「어린나무의 눈을 털어 주다」
에서 빌림.

너무 무거워서 가벼운 새

　

문 앞 새벽 배송 완료, 만족스러웠나요?

이른 새벽에 먹이를 물어다 주는 새의 말이에요

휴지, 생수, 쌀, 닭가슴살⋯

넙죽넙죽 받아먹기만 하고 한 번도 고맙단 말 못 했네요

다시, 새벽이에요

벽과 싸우던 너무 무거워서 가벼운 새

물류센터를 지고 날다 또

쿵! 파르르르⋯

식어 가요, 문 앞 배송의 배려가 낳은 주검

개봉한 주검은 절대 반품 불가래요

　

이제 둥지의 사전엔 새가 없어요

어디선가 개가 팡, 팡팡… 짖어요

잦은 축소와 은폐가 술집 뒷골목에 뱉은 누런 가래 같아요

…오랜 응시

갈팡질팡과 질팡갈팡은 동족인가요

두부 한 모까지 배송해 주는 편리함 때문에
욕망의 사슬 끊지 못하는 나는 바보예요

로켓도 아니면서 로켓 속도로 날아서일까요

택배 상자 쌓듯 일생을 반듯하게 정리하는 중일까요

도무지 그림자가 빠져나오지 않아요

싱크홀 포비아

땅 꺼짐으로 진입을 통제합니다 우회하세요 강북구 삼양
로의 선운각 앞 도로에 가로 2m, 세로 5m의 땅 꺼짐이 나
타났다 현재 한숨과 불안 등으로 주민과 차량 접근이 전면
차단된 상태입니다

아닌 밤중에 홍두깨?

허수아비와 허수의 친자관계 99% 성립, 싱크대와 싱크홀의
친자관계는 전문가의 정밀진단이 요구된 상황

그해 여름, 한마디 말없이 동생은 갔고, 천둥같이 한숨 쉬는
엄마 앞에서 바들바들, 꺼진 것이 세상 전부였겠지요 하늘
도 통째 집어삼키는 지반침하는 온몸이 아가리

아무튼, 얕은 내도 깊게 건너라는 말, 길가 민들레 아는 체
하지 못했어요, 곤줄박이 소리 무심히 지나쳤어요, 지나가
는 장의차에 묵념하지 못했어요, 개밥바라기별 만나기로 했
다가 만나지 않았어요

안심이 자주 넘어지는 건, 삐딱하게 돌고 있는 지구의 기

울기 때문

함부로 한숨 쉬지 말아야겠어요

부르지 않았는데, 오늘 밤에도 많은 비가 올 것으로 예상
된대요 태산이 바다 될까, 다 식은 국도 불고 먹어요

이런 데를 감히 내가 지나가고 있어요

*이런 데를 감히 내가 지나가고 있어요: 고은의 시 「순간의 꽃」에서 빌림.

감자 싹

고양이더러 멍멍하라 해도 야옹하듯이

바구니에서 감자 싹이 나왔어
구석진 곳에 숨어 요리조리 살피는
햄스터 눈빛처럼 반짝였어
말해야 할 때와
말하지 않아야 할 때를 아는 그와
초면에 두 번이나 눈 맞췄네

제발!
눈치 없이 충고 좀 하지 마

내쉬는 한숨에 시퍼런 멍이 들어
까마귀는 검정 칠을 안 해도 검고,
백조는 매일 씻지 않아도 희잖아

포플러 한 그루로 수천 개의 성냥개비를 만들지만
수천의 성냥개비를 태워 없애는 데는
단 한 개비의 성냥이면 충분해

열띤 웅변 대신
침묵에 고개 끄덕여 주고 싶은 봄날,
혓바닥 쏘옥 내미는
저 젊은 댓글

야옹!

나비쥐포

一

　나도 날고 싶어

　나비가 되기 전까지 쥐였어 심심할 땐 햇살 머리에 이고 바다표범과 놀아 햇살은 중고가 없어 늘 새것, 날아서 사람들이 사는 곳에 가 보는 게 꿈이야

　쥐가 A4 용지 좀 물어뜯었다고 쥐와 싸우면 쥐포가 될 가능성 100%, 기회를 기다릴 동안 기회는 지나가고 말아 쥐가 나빌 업고 빛의 속도로 날아

　피하고 싶은 구름에서 흰 피가 흐르는 건 구름의 인사법

　변명의 뼈를 겹으로 걸쳐 입은 사람들이 무슨 멧돼지 같애 싱거운 층구름이 당신 오소리냐 물어, 잠시 아래위로 쓰윽 훑어보더니 호랑이라 대답해

　참 기막힌 질문과 대답이 싸우지 않고 잘 사는 게 신기한 뼈 마을이야

一　날개는 꺾는 게 아니라 날개와 함께 온전히 흐르는 것

너의 뒷모습까지 주머니에 넣은 뼈의 길, 그저 날고 싶을
뿐이야

그것이 왜 그토록 힘들었던가

*그것이 왜 그토록 힘들었던가: 헤르만 헤세의 『데미안』에서 빌림.

흠집

복순아, 어제는 흠 있는 복숭아를 떨이로 샀어
너랑 캄캄한 밤에 못난이 복숭아 먹던 추억은 덤
비닐봉지를 열었는데 복숭아는 없고 흠집만 있었어

너도 알지, 손톱에 봉숭아 물들이며
새로 생길 애인에게도 흠이 좀 있었으면 했던 거
흠 하나 없는 애인은 왠지 창문 없는 집 같아 섭섭하다 했지

평생 집 없는 비는 어디에서 자는지
우리 가진 흠만 모아도 집 한 채는 너끈할 텐데

우는 칼을 달랠 수 있는 게 칼집이듯

복순아, 옷장 속 나프탈렌 같은
암 덩어리 버무려 만든 집은 마음에 드는지
물렁하게 살다 비로소 들인 분홍 집 한 채

흠 없는 조약돌보다
흠 있는 금강석이 낫다며 낙과처럼 지는 해

흠집도 집이었구나

오늘은 초인종 소리가 달다, 너였니

빈 깡통

1

빈 깡통이 정말 요란하던가요 그 말은 틀린 말입니다 틀린 말은 저 혼자서도 쓰러집니다 쓰러진 얼굴은 뜬금없는 이별처럼 푸석한데요

꿈속에서 누군가에게 쫓길 때, 아무리 소리쳐도 말이 나오지 않을 때처럼 푸석함이 웅성거리는 말, 좀체 알아들을 수 없는데요

쭈그리지 않아도 쭈그러든 깡통 전세처럼

버려진 시간이 꽈배기처럼 배배 꼬였습니다 추신처럼 내리는 눈도 쓰러진 깡통 밑에는 내리지 않습니다

든 게 없어 요란하다고요? 아니에요 다시 보니 빈 깡통이 고요로 꽉 찼네요

끌어안은 텅 빈 충만 사라질까 바람은 뒤꿈치 들고 걸어요

2

토끼 친구가 오래전에 한 약속을 갑자기 취소하더랍니다
무슨 바쁜 일 있겠지 했는데 더 잘난 토끼 만나러 갔더랍니다

총깡총깡 어긋난 약속은
흔들어도 소리가 나지 않습니다

빈 딸랑이 2박 3일 흔들어도 아무 소리 안 나듯이

*흔들어도 소리가 나지 않습니다: 보령제약의 '용각산' 광고 카피에서 빌림.

폭포

이래도내려놓고
저래도내려놓고
내려놓음조차도
내려놓으라는
저유정한말씀
울지않으면종이아니듯
주지않으면사랑이아니다
이한생먹고살건
오직하나뿐
아침에도저녁에도
젖어천근인날에도
말라쩍쩍갈라진날에도
오직사랑사랑사랑
내리꽂히는
저하염없는
주례말씀
새삼
테두리없는저다짐을
자박자박새겨듣는
면사포

*주지 않으면 사랑이 아니다: 오스카 햄머스타인의 「사랑은」에서 빌림.

목 없는 골목

—

주춧돌 놓았던 터가 터무니없이 무너졌어요

2022년 10월 29일

한번은 지나갔을 수도 있는

한번은 지나쳐 갔을 수도 있는 이태원로

목 없는 골목, 곤란해요 호흡이

음력 시월 초닷새 야윈 달빛 쓰러질 때

저 바닥에 뚜렷한 생, 사, 생, 사, 생, 사…

엎질러진 물은

예외 없이 예의 없고

통째로 집어삼킨 면목

—

데려가지 못한 신발은 아직도 아랫목처럼 따신데

도대체 불 켜도 보이지 않는 너,

별빛의 퉁퉁 부은 편도선

어이없고 터무니없고 느닷없는

목에 걸린 가시 같은

저 돌연한 죽음의 샛골목 돌아 나오는

아…

전적으로, 전적으로 가혹한

저 맹목

그림자

맑은 날엔 귀찮을 정도로 따라다니더니

흐린 날엔 모른 체하는

알다가도 모를 그 속내

몇 센티나 되는지

재어 보고 싶지만

장대로 하늘 재듯이

눈금도 없고

숫자도 없는

멍텅구리 친구

그림자가 겹쳐지면 더 두꺼워질까

그림자도 부러지면 피가 날까

*그림자가 겹쳐지면 더 두꺼워질까: 빔 벤더스 감독의 영화 「퍼펙트 데이즈」의 대사에서 빌림.

아보카도

一　　과일이 아니라고 말하기엔 너무나 과일인,

이목구비를 만져 보니 악어를 닮았는데
움켜쥔 돌주먹처럼 울퉁불퉁한

겉으로는 단호한 듯하지만,
깊은 속내 익히는, 꽉 찬 멘토 같은

다갈색의 장타원형 고집에 한칼, 밀어내는 둥근 씨,
도저히 안 되겠다 싶을 때 내려지는 두꺼비집 같은 심장을
어떻게 꺼내지

별주부전 토끼에게 애호박 같은 초대장이라도 보낼까

달 속의 계수나무를 베어 버리면 적광정토(寂光淨土) 같은 세
상이 펼쳐질까, 와 줄까

글도 사랑도 조급해서는 안 된다는데

一　　말없이 말하는, 입술에서 달빛 냄새가 나

숙성 덜 된 옛사랑도

언젠가 다갈색으로 익을까, 익어 줄까

깜빡은 까만 흰색일까

—

하얘진 머릿속,

제가 뭘 사러 왔지요란 말 차마, 뱉지 못해

말뚝에 묶인 염소처럼 빙글빙글 그녀가 돈다

마트도, 라면도, 두부도 따라 돈다

돌고 돌아도 함박눈 내린 지붕처럼 하얗다

빗방울이 제자리를 찾는 데는 삼천 년이 걸린다는데

깜빡아, 너 언제 파릇파릇 시들래

창틈으로 날아든 똥파리가 나갈 곳 찾아 헤매듯

이 극단의 흰색은 너무 캄캄해

단 한 번, 깜빡할 줄 모르는 바보 같은 슬픔아

—

이마에 걸린 주름 덕분일까

긴히 한 점심 약속 깜빡하시고

깜빡한 것도 깜빡하시고

집밥 앞에 앉은 폐건전지 같은 그녀

오늘은 내가 대신 네 슬픔을 깜빡할게

끝끝내

돌아갈 무덤이 있다는 사실만은 깜빡하지 않기를

*빗방울이 제자리를 찾는 데는 삼천 년이 걸린다는데: 조정인의 시 「낙수」에서 빌림.

항아리와 잉어

—

잉어가 그려진 항아리를 선물 받았습니다 항아리 밖 잉어는
외로울까요 외로움이 외로움을 만나러 가는지 지느러미를
살래살래 흔듭니다

외로울수록 눈동자는 더 둥근가요 데굴데굴 굴러가던 외
로움이 탁구공 눈 뜨고 빤히 쳐다봅니다

네가 외롭다고 얘기하는 거 들어 줄 때마다 더 외로웠다
합니다

외로움은 이유 없이 태어나고 이유 없이 몰려다니기도 해,
잉어는 잉어를 볼 수 없고 항아리는 항아리를 볼 수 없습니다

떠날 수 없을 때의 머무름, 그것은 사실 머무름이 아닙니다

누구나 그래요 외로움이 오면 외로움 먼저 지나가도록 비켜
주세요 잠시 옆으로 서 있기만 해도 항아리를 손에 쥔 잉어
는 파다닥 헤엄쳐 나간답니다

—

제3부

봄비의 혼잣말

주절주절 혼잣말하는 봄비

챙챙 감아 둔 태엽이 슬슬 풀리는 것 같고, 덜 마른 속옷 입은 것 같고, 참았던 오줌 누고 부르르 떨 듯, 제로 점 놓친 저울 같고, 끓고 있는 주전자 뚜껑 들썩이는 것 같고, 찢어진 비닐우산 같고, 털갈이하는 고양이 비릿한 수염 같고, 똥 마려운 개 뒷걸음질 같고

해도 해도 끝없는 집안일 같고, 말수 적은 시아버지 물티슈로 탁자 닦는 것 같고, 구순 넘은 시어머니와 서른 넘은 상전 며느리 같고, 군살 출렁이는 슈퍼 아줌마 같고, 아무도 듣지 않는 무명 가수의 노래 같고, 돈 없어 수학여행 못 간 아이 잠꼬대 같고, 강물이 소리도 없이 외치는 것 같은

혼잣말에는 혼이 없고 봄비에는 봄이 없고, 불길한 희소식 같은, 숙변 밀어낸 듯한, 저 봄비

살구, 살구 울어요

　　　모르고 한 장 더 넘겨 쓴 페이지
　　　훗날에 발견하듯이 살구꽃이 왔어요

　　　느닷없다는 말처럼 느닷없이

　　　온 들판에 흩어져 있던 북데기들 몰려들어요
　　　고모는 살구꽃이 벙글기 시작하면 몽글몽글 눈물을 풀어요

　　　눈물에도 살이 오를 때가 있는지

　　　어디서 사랑을 놓친 것일까
　　　독한 놈, 미친놈, 욕 한마디 못 하는

　　　곰보 고모 속에 깊이 가라앉은 고래가
　　　잘 빠져나오도록
　　　수초 같은 목젖이 살짝 비켜 주기도 해요

　　　무진 역장 무너진
　　　곰보 고모가 살구, 살구 울어요

비 그치면 금방 멀쩡해지는 운동장처럼
젖은 눈 위로 솟는 살구꽃

솜이불이 봄볕에 어깨 기대듯
쉼표 없는 악보에 찍은 쉼표처럼

늙어 뒤틀린 살구나무에
분홍 꽃 그림자 온전히 물들어요

봄비, 붐비네요

내게 남은 시간이 딱 두 시간뿐이라면
무슨 일을 해야 할까요

귀 밝은 빗물에
혼자 있을 때 외롭다는 말 씻을까요

혼자는 혼자일 때 가장 여럿이라 했던가요

단출한 혼자가 서랍 속으로 들어가요
젖은 발 꺼내 말리는 혼자와
걸려 오지 않는 휴대폰이 나란해요

그래요,
외롭다는 말 터는 데 한 시간이나 추적였네요

둘이 있으면 귀찮다는 말은 또 뭔가요
우산 없이 비 맞는 연인들 사이로
벚꽃이 하얀 우산처럼 우거졌네요

또닥또닥 이유가 많으면 다정할까요

마침내, 혼자 있어도 외롭지 않네요
둘이 있어도 귀찮지 않다는 말 턱밑까지 차올라요

헉헉 숨 몰아쉬는 물의 집 천지간,
하얗게 붐비는 봄비

괜히 붐비는 게 아니었네요

봄 한 마리 슬금슬금

저 벚꽃 사이로 달리는 불자동차, 한 마리 놀란 짐승입니다

걷잡을 수 없는 저 속도를 봄이라 부릅니다

다 식은 겨울이, 배경을 배경으로 사진을 찍습니다 웃음은 힘들 때 웃는 게 진짜라지요 울 때도 활활 웃는 그녀, 찰칵 불꽃이 튀어 오릅니다

숯검정이 옹이도 몽글몽글 탈 수 있을까요 저 송이송이 꽃불 속으로 손 닿지 않는 것들 오로지 타는 일에만 몰두합니다

타닥타닥 부끄러운 일들 태워 버리기 좋은 날입니다

흘러내린 벚꽃 가지는 똬리 푼 혼곤함입니다 부스스한 머리에 불티 하나 내려앉습니다 머리핀 꽂는 손목은 보이지 않고 난데없이, 눈앞이 뿌옇습니다

어긋난 속도로는 다 태우지 못할 서러움입니다 서러워서 환한, 불 속에서도 자욱자욱 웃을 수 있어서 비로소 눈부십니다

매캐한 연기 속으로 머리도 없고 꼬리도 없는 봄 한 마리
슬금슬금 지나가는 중입니다

우수와 춘분 사이

―

나무는 눕지 않아도 내일을 푹 자요 세상이 기울어지면 함
께 기울어져요 가만가만 흔들어 깨워 주는 이 없어 잠들기
쉽지 않은 듯, 개구리 두 눈이 추자두처럼 불룩해요

과자 부스러기처럼 부서지는 꿈을 꾸시나요 어머니, 이쯤
에서 그만 일어나세요 코 골던 이불은 돌돌 말아서 이불장
옆에 세워 두세요 메모리폼 베개가 미지근한 물 한 잔 마시
고 끄윽 트림을 해요

눈곱을 안 보이려면 온몸에 아지랑이를 두르고 일어나요
아직 일어나지 않은 것들이 갈퀴손으로 하품을 덮어요

저녁 잘 먹고, 내 손으로 이불 깔고 자다가, 잠결에 편안히
죽어, 개구리자리별로 돌아가는 것이 소원이었지요

만수무강은 너무 멀고 미끄러워요, 어머니
먼 산이 잔설을 덮고 누운 희끗한 경칩이에요

―

곡우

할배요, 창문 열면 라일락 향이 우르르 몰려다녀요
청명과 입하 사이, 탁배기 같아요
슬퍼서 뿌연지 뿌예서 슬픈지 분간이 안 돼요

할배요, 미치지 않은 것들이 잠시 미친 척하는 기라요
곡우는 곡우라서 곡을 하미 우네요
수돗가 호스는 뱀처럼 똬리 틀고 있고요
흙 묻은 장화는 최선을 다해 야위어 가요

할배요, 심을 게 영 마뜩잖다 해도 그렇지요
볍씨만 한 여지는 남겨 둬야지요

맨발로 바위 차기 하시능교
꽃잎 진 자리에 장조카를 심으시다니요

할배요, 자식 없는 고모께 친아들보다 곡진했는데요
뿌리 있는 것들은 다 이유가 있다 했나요

불러도 불러도 대답 없는 할배요,
저 보이소

뿌연 낮달도 소리 없이 훌쩍이고 있잖아요

모깃불이 있는 마당

　인진쑥 덤불은 연기를 피워 대지 모깃불은 모깃불, 덜 마른 것들은 제 속으로 울지 모깃불은 모깃불, 옥수수 찜솥 흰 연기는 농담을 모르지 모깃불은 모깃불, 모깃불이 희기로 마음까지 희겠나 모깃불은 모깃불, 제대로 태워 보지 못한 첫사랑의 그을음 같은 모깃불은 모깃불, 할매의 부채 바람에도 주춤대는 모깃불은 모깃불, 장독대 옆 물봉숭아 같은 모깃불은 모깃불, 소문만 무성한 언니의 연애담 실어 나르는 모깃불은 모깃불, 삼 년 세 살고 주인 이름 묻는 모깃불은 모깃불, 여름밤 귀퉁이엔 귀퉁이가 없고 평상엔 평상이 없어 모깃불은 모깃불, 모시밭의 살모사같이 고개 쳐든 모깃불은 모깃불, 오소소 소름 돋는 옛 얘기에 귀 쫑긋하는 모깃불은 모깃불, 땀내 나는 할매 삼베 적삼 팔베개에도 잠이 드는 모깃불은 모깃불, 뿔 달린 사슴인 줄 아는 모깃불은 모깃불

하지(夏至)

—

언제부턴가 일거리가 없다 하지

인간사, 평생 동지인 줄 알았는데 어색함만 빵빵하지

찰보리 가루 반죽 치대며 나는 빵을 구울 테니

당신은 시를 구우세요 하지

욕은 발효해도 욕이라 하지

빵은 백 개를 구워도 빵이라 하지

하지 굽는 냄새가 온 집 안을 도배하지

시 굽는 냄새는 하지정맥류처럼 답답하지

길고 짧은 건 대봐야 안다는 말 하지 마

안 대봐도 아는 게 하지야

—

망종과 소서 사이,

남극에선 수평선 위에 해가 나타나지 않는다 하지

짧은 듯 긴 낮,

부푼 감자가 안녕, 안녕 인사를 하지

소서

　자지러지게 웃는 그녀를 우리는 전원주라 부른다 혹, 문상
이라도 갈 때는 주머니 속에 긴장도 함께 넣어 가는데

　어느 날, 까만 긴장을 화분에다 심었다 혓바닥이 돋아났다
보란 듯이 쑥쑥 팔 뻗더니 능소화가 폭소를 펄펄 날렸다

　저 폭포 같은 폭소 속에 조약돌처럼 반짝이는 슬픔이 숨어
있단 걸 그 누가 알까 놀란 산그림자, 도돌도돌 땀띠가 그라
데이션으로 번졌다

　꽃이 피는 아침은 웃고 싶어라 이 찜통더위에 웬 콩국수
타령이냐며 주걱으로 두들겨 맞았다 어라, 얻어맞은 뒤통수
에 달이 떴다

　달의 발바닥 간질이는 열대야, 구순 아버지의 겨드랑일
간질이는 치매, 매미는 여름을 둘러업고 여기저기, 저기 여
기 돌아다녔다

　시든 풀잎처럼 아플수록, 더 씩씩하게 웃었다

웃을 때마다 찬밥 같은 아버지 무럭무럭 자랐다
어린이가 잘 웃기 때문에
우리들보다 더 오래 산다나 뭐라나

곧, 대서 형님이 오실 거라는 전갈이 도착했다

*꽃이 피는 아침은 웃고 싶어라: 조지훈의 「낙화」 시구를 변용.

올가을엔

올가을엔 세뿔귀뚜라미와 사랑해도 되겠습니까, 가을배추
심듯

아이를 일곱 명쯤 심어도 되겠습니까, 부끄러운 일들은
후박나무 이파리로 가려도 되겠습니까, 볕 좋은 툇마루에
신문지 한 장 펴고, 해산한 아내 손톱이나 깎아 줘도 되겠습
니까, 잣 씨 같은

손톱 깎으며 아이 이름을 쓰르라미, 피라미, 동그라미, 개
맨드라미, 왕귀뚜라미, 모대가리귀뚜라미, 알락귀뚜라미라
지어 줘도 되겠습니까, 그대가 알아듣지 못할

이름이, 여름이 우스개 같아도 되겠습니까, 나름

무지개같이 살고 싶은데, 현실은 무지, 개 같습니까, 어째요

맨드라미에 얹힌 빗물인 양 젖어도 되겠습니까, 몹쓸 죄
라도 좀 짓고, 초승달을 마른 고사리 같은 손목에 둘러도 되
겠습니까, 이도 저도

내 것 같지 않은 계절, 오랜 지병처럼 세뿔귀뚜라미와 사
랑해도 되겠습니까

제4부

구멍 난 양말

넙죽, 제관이 엎드려요
뒤집힌 뒤꿈치에 선명한 저 구멍은 누가 연 숨통일까요

안개 같은 기일이 일 년에 열 번, 구멍 난 배춧잎 주워 와
김치 담글 때 마늘처럼 아렸던, 기울 수도 손가락 넣어 찢을
수도 없었던 오랜 가난, 저 구멍은 알까요

뒤집어 신을 수 없었던 꼬질한 삶도 결국 생물이라서, 살이
다 보이도록 뚫린 구멍이 구명(救命)이었고 구원이었음을

새로운 것이 늘 새롭지요 홍동백서는 배추 겉잎처럼 뜯어
냈어요 뜨거운 아메리카노와 카스테라와 구멍 난 양말까지
참 별걸 다 진설한 이 상황이 진실이에요 그렇다고 동그라
미 받고 싶단 뜻은 아니에요

이것저것 물씬 낯설어, 불 끄고 엎드린 달빛을 꾸벅꾸벅
들여다보는, 구절초 같은 눈동자가 있어요

창밖, 시월 열나흘 달은 밤벌레가 열어 놓은 환풍구일까요
촛불이 잠깐 흔들려요

어디에 둘까요

여보, 콜록거리는 이월을 어디에 둘까요

무 썰다 잘린 손가락은 어디에 둘까요

꺾은 매화 가지처럼 물컵에 담아 놓을까요

빙판에 우그러진 머리는 또 어디에 둘까요

찡그린 양은 냄비처럼 선반에 얹어 둘까요

돼지갈비 먹다 씹은 혓바닥은 어디에 둘까요

적막을 씹다가 부러진 어금니는 어디에 둘까요

양수가 줄줄 흐르는 산모는 어디에 둘까요

산이 무덤 같은 배 열어 줄까요

매화는 드러누웠는데

몸에 병 없기를 바라지 말라는 몸 어디에 둘까요

벗은 가운에서 떨어진 알약 같은 단추는 어디에 둘까요

여보, 꽃 벗은 나무의 아랫도리는 어디에 둘까요

시련이 피었어요

넘어져서 하는 말이 또 넘어져요

꽃이 말하는데 엄마 목소리 들려요

다급한 구급차 소리가 콩죽 먹고 배 앓는 소리예요

흰 가운이 어긋난 꽃 앞에서 자주 사진을 찍고 오래 들여다
보기도 해요

어리연, 왜개연, 백련, 홍련과는 친구 사이에요

뾰족한 못은 뼛속에다 숨겼으므로 아버지의 밀짚모자 하나
걸지 못해요

독한 약기운에 잠든 뿌리 살피느라 휠체어는 밤낮 뜬눈이
에요

바람 드셀수록 높이 나는 가오리연은 이종사촌이에요

어라, 바닥에서 핀 꽃에서도 향기가 나네요

담 넘어간 소문에 피붙이들 벌떼처럼 잉잉대기도 해요

황련보다 누런,

마른 시래기 같은 시련

고인 물속에 하염없이 피었어요

친한 아픔 하나 없이 밤이 오면 무슨 재미래요

―

카페 창밖 비가 징징대요

두 달 전보다 통통해진 문희가
―내는 요새 무릎이 더 아파서 시장도 몬 가고 배달시키
묵고 산다
학교급식 일 잠깐 했던 소영이가
―맞나? 그래도 니는 내보다 좀 낫네, 내는 손모가지가 아
파서 내가 쌀을 씻는 게 아니라 쌀이 나를 씻기는 것 같다

의자가 푹신한데도 딱딱하다 불만인 인숙이가 악어처럼
입을 딱 벌리며
―나는 이짝 사랑니도 아프고, 요 아래 어금니도 두 개나
뺐고 대충 우물거리다 넘가뿌이 속이 요동을 친다

당일 처방전처럼 긴 영수증이 말을 해
아플 수 있다는 건, 축하할 일

아픈 이야기는 하나도 아프지 않고 따리 튼 진동 벨이 바
르르 떨어요

―

살날이 새까만데 까만 커피가, 코피를 달래 줄 손수건이
되어 줄까 끼리끼리 참 의리 있는, 얼음은 뜨겁고 가슴은 차
가워요

질긴 세상 아픔들 다 끊어 줄까 아보카도, 싱싱한 아이스
크림에서 파스 냄새가 나

머그 컵에 묻은 립스틱 자국을 지우며 인숙이가
─히비스커스 차 주문한 니는 개얀나
─희(喜)와 비(悲)를 섞었으니…
   니 맛도 내 맛도 아니지만, 종기가 커야 고름도 많겠제

긴한 약속 잊을까 봐 알약 삼키듯,
친한 아픔 하나 없이 밤이 오면 무슨 재미래요

5와 3 사이

—

잠 오지 않는다
베고 누운 새벽 4시는 너무 낮거나 너무 높아

98세 이정자 할머니, 사각형 축구공을 몰고 다니는지
섬망의 자식들, 옆방에서도 듣고 있겠지

찢어진 무릎이 불려 온 4인실, 둘러보지 않아도
호출 벨이 넷, 쓰레기통이 넷, 자궁이 넷, 침상이 넷

숫자 4가 많은 방
넉 사(四)와 죽을 사(死) 사이, 사랑은 없고 그냥… 싫었어

땡감 같은 아들, 여태 건져 올리지 못한 사월과, 물을 뿌
려도 금방 시드는 파장 떨이 상추 같은 희망과, 죽은 아들이
운동장에서 철인 4종 경기를 하는 악몽과, 불 속에서도 타
지 않을 슬픔

가령, 좋음이 없는 싫음과
싫음이 없는 좋음이 사랑이라 해도

—

5남매가 바라보던 곳을 3남매만 바라볼 때, 사일못 물은
쏼쏼 끓었어

끓는 이마에 얹어 주던 물수건 같았던
네 가지 자비심, 사무량심(四無量心) 속을 자박자박 걸었어
뭔 뜻인지 몰라도 그냥 좋았어

선잠 깬 새날은 알까

싫어하고 좋아하고,
좋아하고 싫어하는 분별조차도
다 사랑의 힘이란 걸

나는 보호자입니다

K병원, 진료 접수를 하고
기다리는 나는 보호자입니다
세 시간을 기다려도 손톱 물어뜯지 않는
나는 보호자입니다
간호사가 호명하면 벌떡 일어서는 나는 보호자입니다

—보호자 오셨어요?
—야가 보호자래요
어깨에 힘 들어가는 나는 보호자입니다

요양원에서 가을이 세 번 왔다 가도 모르는
그분의 호적에 오르진 못했지만 나는 보호자입니다
물 건너간 후, 강산이 두 번 바뀌어도 한 소식 없는
그분 아들보다 못생겼지만 나는 보호자입니다

보람약국을 무슨 보람처럼 한 아름 끌어안고
시간을 횡단하는 나는 보호자입니다

사계절 체크무늬 옷만 입는 나는 보호자입니다
꺼지지 않는 허기처럼, 산다는 게 지긋지긋하지만

지하철에서도 시장에서도 손 놓지 않는
나는 보호자입니다

화롯가에서 무릎 내주는 할머니처럼
따스한 등 내미는 발통 달린 의자, 나는 보호자입니다
잠깐씩 바쁘고 오래 쉬며 등 굽은 그림자 곁눈질하는

아무도 붙잡지 않는데 붙들려 있는 나는 보호자입니다

어른에게도 어른이 필요해,
주머니에 낮달을 넣어 다니는
나는 보행기입니다

신발 한 짝

덧댄 부목이 접질린 발을 모시고 다녀요
지름길 찾는 다섯 발가락이 비대칭을 꽉 깨물어요

깁스가, 찬스처럼 웅성대요

어디선가 본 듯한 민들레,
신호등도 함께 절뚝여요

―될 수 있으면 걷지 마세요
될 수 있으면 살지 마세요라는 말처럼 참 우멍해요

두 발을 머리에 얹고
느릿느릿 집으로 돌아왔을 때

혀 빼문 개처럼 엎드린 신발 한 짝
항구에 묶인 조각배 궁시렁궁시렁 혼잣말하듯

시무룩한 표정이 힐끔,

뜨끔!

꼭 무슨 말을 하려는 것 같기도 하고

무슨 말을 다 한 것 같기도 한

다 팔아 뿌믄 나는 머 하는교

지붕도 없는 좌판, 농협 달력 뒷장에
'고구마 쭐기 한 무디기 삼처넌'

묵언이 밑천이다

물꼬 보러 나왔다가 삽자루 깔고 앉은 듯한 노구에서
저승에는 장이 안 서는지, 수년 전에 죽은 동생이 얼핏,
자전거 앞뒤로 마늘종 가득 싣고 금호장 갔던
내 열네 살도 설핏,

―이웃과 농갈라 묵께요 고마, 다 주이소

―어허, 안 돼요 공짜로 날아오는 국밥집 냄새도 좀 맡고
요, 뻥튀기 소리에 깜짝 놀래도 보고요, 지나가는 아지매 얼
굴도 좀 쳐다보고요, 까만 고무 원피스 배밀이 하는 아재 깔
깔이 수세미도 한 장 팔아 주고요, 장 사람들캉 탁배기도 한
꼬뿌 혀야지요, 저 해가 아직 대그빡 우에 있잖소, 퍼떡 팔
고 손 털어 뿌믄 고구마 줄기도 고마 섭섭다 안캤능교

다 팔릴까 봐 시들지도 못하는 저 노령

백화점에서도 쿠팡에서도 팔지 않는
고구마 줄기 같은 저 의지가
여기엔

없는 듯 있다

안녕, 깁스

맨 아래층에 살아도 가끔 멀미를 해 왼발이 보내온 계절은 사막이었어 참호 같은 참혹 속에서도 가을무처럼 사랑이 사랑을 안고 뒹굴어

일어나 걸어라 그대 그림자는 부러지지 않았다는 말, 왠지 익숙지 않아 감정을 심장보다 높이 치켜들었어

절뚝이는 길, 나도 모르는 누군가 브레이크에 살짝 발 얹어 주었을 때, 왜 이마에서 땀이 났는지

사랑의 뿌리가 깊어서 사람들은 날마다 창문을 열까, 어루만지면 간지러워하는 넌 누구니, 오늘은 볕이 좋아 젖은 발을 모두 내다 널까 싶어

도굴꾼도 도리질하는 발 밖의 발, 양말도, 신발도 아닌 너, 이제 그만 헤어져 줄래

*일어나 걸어라 그대 그림자는 부러지지 않았다: 마가레테 폰 트로타 감독의 영화 「사막으로의 여행」의 대사에서 가져옴.

제5부

제가 틀릴 수도 있어요

너는 왜 그래, 그 말 좀 하지 마요 언제 물 마시는 게 좋을지 몰라 식전에 마셔요 팬티스타킹을 입는다 했어요 라일락꽃에 홀려 아무도 안 볼 때 한 가지 뚝 꺾어 신문지 덮었어요 지나가는 아저씨, 향이 참 좋아요 하는 말에 귀가 뚝 떨어졌어요

비 오는 날 좋아한다며 유유자적 걸을 때 틀렸다 틀렸다며 빗금으로 춤추는 비, 벚나무를 기어오르는 고양이가 나의 벗일까요 괜히 멧돼지에게 사랑한다고 말했어요

과속 위반 고지서 받았을 때 기차가 하늘 나는 것 봤어요 까마귀는 바람이 심한 날에 집 짓는대요 뽀얗게 먼지 앉은 마룻바닥에 찍힌 발자국을 꽃이라 생각했어요 지하 골방 심드렁한 곰팡이가 저 혼자 중얼거려요 무거운 짐 들고 가는 할매 짐 들어 드렸더니 유리병에 금이 갔대요

아휴! 오답이라는 사실 아는 것만, 정답이에요

송충이

초등학교 5학년 때, 선생님이 솔잎 하나씩 주더니 눈 감으
래요
―솔잎은 높은 데서 살아 사람의 속내를 잘 들다 본다나
나쁜 사람 손에서는 점점 길어지는 성질이 있다

솔잎 쥔 손에서 땀이 나 축축했어요 어린 마음에도 나쁜
사람은 되기 싫었어요 눈 없는 엄지와 검지를 벌려 조금 뜯
어냈지요

―너거들이 솔잎 한 잎 쥐고 눈을 감은 이유가 궁금하제
가뭄에 말라 버린 강변처럼 쉰여덟 명 목소리가 다섯 명
목소리보다 작았어요
―종식이 아부지가 미국 갔을 때 사 온 미제 연필을 일가
뿟단다
미제라는 말에 솔잎을 조금 더 잘랐지요, 수업 마치는 종
소리 댕댕댕

솔잎 길이를 일일이 다 잰 선생님
―4센찌 안 되는 천길이랑 정례는 나와서 꿇어앉아 손 들
어라

100

왜요, 실망은 걸핏하면 만만한 게 함구다

………

반항하지 않는 것도 반항이다 이런 젠장, 내가 어느새, 도
둑이어도 될까

나는 아니라고요 씨발쓰발, 번쩍 든 양손에서 욕이 줄줄
새어 나왔어요

―그라고, 너거들은 책상 위로 걸상 올리고 청소해라
뒤집어진 걸상이 뿔난 도깨비 같았어요 선희가 뻣뻣한 빗
자루로 바닥을 쓰는데 햇살에 먼지가 춤추듯 날아다녔어요

어디선가 도르륵 도르륵…

―샘예 이 연필이라예

영구 미제 사건이 될 뻔했던 미제 연필, 교실 가득 솔향이
기어다녔어요

눈물이 돌처럼 바작바작 씹혔다

눈물의 수문 조절은 누가 할까

'가화만사성'이란 말 밥 먹듯 하면서 정작 가화에 관심 없던 아버지, 네 일 내 일 가리지 않더니 용산못 수문 관리까지 도맡았지 팬티만 데리고 물속으로 두레박 던지듯 몸 던질 때, 못 둑의 지칭개, 망초, 질경이, 메꽃이 눈을 찔끔 감았다 떴다

낮달이 서쪽으로 헤엄칠 동안, 사랑하지도 않는 아버지 옷을 끌어안고 여기 있어도 될까 햇살의 속눈썹이 까만 단발머리를 쓰다듬었다 강아지풀이 꼬리를 살래살래 흔들었다

노름하는 아버지가 죽도록 싫었지만, 싫어하는 것조차 싫었지만, 그 아버지에게 나는 왜 또 빠지는지, 혓바닥 갈라진 물뱀이 지나갈 때 내 몸도 갈라졌다

한참 후, 수면의 여러 겹 동그라미 속으로 돌고래처럼 쑥 올라온 아버지, 젖은 머리카락이 이마와 눈을 푹 덮었다 파르스름한 입술이 뱉어 내는 '푸푸' 소리는 한여름인데도 추웠다

죽은 아버지를 건져 올린 듯, 넘치기 직전의 못물은 숙변
밀어낸 듯 더 푸르렀다

─아부지요, 물에 드가는 거 고만하믄 안 되예?
─니 여태 여기 있었나 개얀타, 걱정 마라

소 판 놈이 구루마는 못 팔까만

가화만사성에 발목 잡혀 끝내 팔 수 없었던, 수문 관리 대
가로 부치던 그 밭 푸성귀 씹을 때

눈물이 돌처럼 바작바작 씹혔다

그땐 그리 해야 되는 줄 알았어요

날 받아 놓고 서봉순요리학원 등록했어요
할 줄 아는 게 없다는 것만 가득한 스물네 살,
내친김에 신부대학에 등록하며
신랑대학은 왜 없는지 궁금했어요

아, 오늘의 일기는
물 묻은 테이블에서 유리컵이 미끄러지듯
금기를 깨부수는 일이 될 수 있겠네요

자동차를 부리는 데도 면허증이 필요한데
결혼에도 자격증이 당연하다 여겼어요
요조와 요부 사이가 참 요원했어요
요구르트를 매일 마시는 부인이 요부일까요

터득한 기술로 평생을 사는 명장처럼
어렵사리 소녀경을 빌려 읽으며
이끼 낀 바위를 훑듯이 달콤한 독학

살림살이는 영 살뜰하지 못했지만,
만족도,라는 섬에 다녀온 듯

엄지척, 물미역처럼 흐물흐물
―대앵기 오겠시임대이…

아흐!

서리 내린 나이에

냉기 감도는 방에서
서책을 뒤적이며

중얼중얼

그땐, 그리 해야 되는 줄 알았어요

여자가,

─신랑 잘 받들고 아나 잘 키우믄 되지 무신 대학을 글키 댕기샀노 여자가…

그녀가 부르는 셋잇단음표 같은 여자가를 사철가처럼 들었지요

스물에 신부대학, 서른에 주부대학, 마흔에 불교대학, 오십 중반에 받은 모 대학 졸업장 끼고 W초등학교 상담실에서 '박꽃 같은 선생님'이란 말, 처음으로 들었어요

베란다에서 키우는 장닭을 아빠라 부르는 다현이, 수업 시간이면 교실 뒤쪽에서 어슬렁거리다가 상담실에 왔어요

머리는 떡지고 손톱 밑은 새까맸어요 화장실에 데려가서 머리 감길 때, 여자가 이래도 되냐 대걸레 빤 물같이 줄줄 흘러내렸던 여자가…

스승의 날, 색종이 카네이션을 내밀며 카네이션보다 더 붉었던 그 그림자도 점점 여자가 쪽으로 기울어요

바다 앞에서 바다가 어디냐고 묻듯이 여자가 즐겨 불렀던
여자가…

오늘 밤엔 부르지 말아요

선산대학 입학하실 때
저승꽃 꺾어 들고 가신 거 모른 척할게요

당당한 슬픔

덜 삶은 수육처럼 질겨요 내 슬픔은, 질김을 졸이고 있어요 잃어버린 아이를 위해 옷을 사듯 슬픔에서 가장 먼 곳은 슬픔, 아무리 조심해도 자주 질척였어요

낮잠에서 깬 네 살짜리가 들일 나간 엄마 찾아 헤매던 막막함이 신작로 한복판에 퍼질러 앉았어요 동그란 입속으로 갑자기 나타난 집채만 한 트럭이 들어갔다 나왔어요 스물넷의 땡감 같은 죽음은 죽지도 않고요 두 손 가득 토끼풀을 뜯어 깃발처럼 흔들던 나부낌 알 수 없어요

토끼풀 쥐어뜯던 손, 비 젖은 양말처럼 잘 마르지 않아요 꿉꿉함도 햇살 찾아 자리를 비운 13월을 머플러처럼 두르고 돌아다녀요

슬픔을 슬기로 생각한 여자와, 슬기를 슬픔으로 생각한 남자, 누가 더 당당할까요

산사나무 열매 같은 저녁, 혼자 집에 들어가니 술 취한 별 하나 식탁 앞에 앉아 있어요 오늘은 혼밥하지 않아도 되겠어요

돌덩이도 졸이면 빵이 될까요 졸인 밤이 사뿐히 가라앉아요

밤은 슬픔도 졸아들 시간, 밥그릇 속 박힌 달을 꺼내고, 한 스푼의 별을 떠먹어요

주문하지 않은 당당한 슬픔, 딱 일 인분이에요

나는 누구입니까

내가 찾아다니는 나는 누구입니까

옆 사람이 혼나는데 떨어지는 나뭇잎은 누구입니까

긴장해서는 절대의 세계에 들지 못하는 긴장은 누구입니까

바닥에 누운 낙엽의 등 토닥여 주는 손은 누구입니까

나라 걱정돼 속옷도 국방색으로 입는 벌거숭이는 누구입
니까

초여름, 콩잎 구하느라 시장 여섯 곳을 돌아다닌 발은 누
구입니까

식당에서 주인 찾는 신발은 누구입니까

라면 먹고 나오다 이쑤시개에게 앙탈 부리는 이빨은 누구
입니까

생각의 양식이 생강인 줄 아는 가슴은 누구입니까

고민은 해결하는 게 아니라 해소하는 것이라는 해당화는
누구입니까

두려워할 것은 두려워하는 마음뿐이라는 두꺼비는 누구
입니까

천사도 아니고 짐승도 아닌 저 구름은 누구입니까

우여곡절 끝에 찾았다는데

당최 보이지 않는 나는 누구입니까

무아(無我)
―나에겐 내가 없다

구석진 자리에 빨간 소화기가 있듯

교실 뒤쪽에 동생 놔두고 밭에 간 엄마가 미웠던 나

하산길에 미끄러진 돌멩이 같은 나

문밖에 세워 둔 행운에게 우리 집엔 왜 왔냐 삿대질하는 나

빈 쭉정이더러 왜 싹이 안 나오냐 따지는 나

대청마루에 기는 자벌레처럼 느려 터진 나

떨어진 돈은 줍지 않아도 돌은 주워 오는 나

북극곰처럼 잠을 다독이는 나

입지 않는 무스탕처럼 점점 무거워지는 나

어른거리는 물무늬가 어른인 줄 아는 나

나이는 먹으면서도 나아지지 않는 나

쓸쓸한 날 속눈썹 붙이며

남을 속일 수는 있어도 나를 속일 수는 없는 나

아무도 나를 잡지 않는데 나보다 나를 오래 잡는 나

일기 쓰듯 매일 유서 쓰는 나

나를 한 번도 만난 적 없으니

한 번도 헤어진 적 없는 나

누워서 떡 먹기도 잘 못 하는 나

보름달 보고 왈왈 짖는 나

내가 있단 것 잊고 밖에서 문 잠그는 나

구름 없는 하늘에 비 올까 묻는 나
억울함 고자질하고 펑펑 울고 싶은 나
이런 나 혼내지 마! 입술 삐죽이는 나
삐죽삐죽 날개 돋아나 날아가 버릴 것 같은 나

이전에도 없었고
앞으로도 없을 것이고
지금도 없는
나에겐 내가 없다

진짜 나는 어디에 있을까

밤비

접은 우산 같은 밤을 할매 비가 사근사근 돌보네

이불을 쑥 삐져나온 발은 꿈꿀 수 없지, 어찌어찌 꿈꾼다 해도 총천연색은 아니어서 왠지 심심해

허물은 까뒤집는 것이 아니라 덮어 주는 것

비의 침실에는 침몰할 배가 없어 꿈이 먼저 잠겨 버리지, 밤이 들쑥날쑥 잠꼬대할 때 찢어진 귀 펄럭이는 우산은 어떻게 덮어 줄까

도무지 이해가 안 되는 저 잠꼬대도 속치마로 쓰윽 덮어 주는 비, 속치마는 속울음보다 얇아서, 비포장길 움푹 파인 웅덩이 지날 때처럼 철퍼덕

예고도 없이 졸린 눈 밀어 올리는 저 야간 근무

한때, 저 비도 얼굴 모르는 어떤 조상이 키우던 자손이라 치자던 별도 오늘은 안 보여

빗방울의 늘어진 자장가도 자러 갔는지 없고, 밤이 까만
철망 안에 머물 때, 유통기한 넘긴 우유처럼 끈적끈적 달라
붙는 저 불면

이불 안을 파고드는 이 불안은 어디서 오는지

덮고 덮고 덮어 주는 말, 말, 말…

버드나무

―

깨진 독에서 푸른 물뱀이 기어 나와요

버들잎 같은 혀도 없고요 눈도 없어요

배가 부른데도 사냥하는 걸 희망이 펄럭인다고 할 수 있을까요

아이들이 왜 사라졌는지 욜랑대는 버들붕어는 알까요

고통은 저항하는 만큼 더 커져요

기억하지 않아도 기억되는 이런 가지런한 허물은 난생처음이에요

허물은 뚜껑이 없어서 천 배 만 배로 불어나요

흐물흐물 아이처럼, 징징 울까요

무덤이 깨기 전에 항아리 같은 사월을 닫으러 오래요

―

뚜껑 없는 무덤을 어떻게 닫을까요

버들개지가 뚜껑처럼 달그락, 달그락…

바위와 부딪혔다 하여 머리로 들이받지 마세요

수용은 굴복이 아니에요

이제 그만 두리번거려요

푸른 종소리가 구불구불

허공을

아니 너와 나, 우리의 허물을 쓸고 있잖아요

제6부

달아항 저, 노을

불행이란 말에도 불이 있던가요 조리과 안 나와도 엄마는
밥을 잘 지어요 아끼던 땔나무 지금은 펑펑 때시는지, 먼 산
관자놀이에 불끈 핏줄이 솟아요

허기도 질병

추위처럼 몰래 밀려든 가난에 무릎 꿇던 엄마는 어디로
갔는지 이제 보이지 않아요 노을이 노을인 것처럼 이유가
있을 터, 저 노을은 누구에게 기대 우나요

울 일 많은 사람은 차라리 웃어요 내 몸에서 가장 성한 부
분은 그림자, 하나 남은 홍시 주머니에 넣으면 웃지 않던 허
기도 저리 환해질까요

비 오는 날 아궁이에 불 밀어 넣을 동안, 처마 끝 비가 등을
적시듯

다리 없는 것들이 다니는 길목은 따로 있나 봐요 글썽글썽
번지는 길 찾는, 저 노을 덕분에, 오늘은 수면제 없이도 곡
진하게 뜸 들겠어요

옻골에 들다

당신이 보내 준 옻골 잘 받았어요
초면에도 전혀 낯설지 않아요

골담초 입에 물고 콩콩대는 돌담길
손 내밀어 무거운 짐 거두는 양떼구름

넙죽 엎드린 기왓장 위의 와송
쌀 씻어 안치는 정지문이 사백 년 동안 삐걱대는 곳

뒷산 옻나무는 부재중

가장 가려운 꽃이 가장 먼저 피듯이
변명은 긁을수록 부풀어 올라요

점잖은 저 회화나무도 갈증 날 땐
봄을 믹서에 넣고 휘리릭 갈아 마신다죠

비보 숲이 아무리 빽빽해도 물을 가두지 못하듯
꽉 깨문 몰골에서 새어 나오는 낮은 말

나, 옻골에서 살고 싶어요

살고 싶다는 말에는 날개가 먼저 입주해
검덕봉으로 꾹 눌러 두었어요

누가 내 몸에 사랑을 옮겨 심었을까요
화상 입은 듯 해가 옻골에서 옻골로 굴러가네요

아무 걱정 마세요
석양이 토한 핏물은 박태기나무가 거둔다고 했으니까요

*대구시 동구 둔산동에 있는 옻골마을은 동성(同姓) 촌락으로 경주 최씨
대암공파의 후손들이 20여 호의 고가를 이루고 있다. 마을 동쪽으로 팔
공산 검덕봉이 높이 서 있다.

통영 세자트라숲

—

　문장 숲속으로 걸어 들어갔어 숲이 튼튼해지려면 바람이 필요해 저 바람개비가 숲의 접힌 부분을 펼치니 빙글빙글 매화 향이 쏟아졌지 돌 속으로 들어간 호랑가시나무 어깨가, 허공을 씻는 웃음소리 푸를 땐 떠나지 말라 했어 세자트라, 세자트라

　고개 젖혀 올리브 빛 행성을 오래 바라보았어 해풍이 숲의 문장을 빵처럼 뜯어 먹었어 별빛보다 더 푸르게, 더 오래 씹었지 반짝이는 것들은 왜 이리 질긴지, 서둘러 아픈 것들은 왜 이리 눈이 부신지, 통영에선 통증 없이 더 진하게 껴안기를 세자트라, 세자트라

　사랑에 모양이 있다면 다 말라 서걱이는 억새의 손 같을까, 빨간 원피스 새로 사 입은 동백꽃 한 송이 낮달의 귓가에 꽂아 줄 때, 광대나물과 큰개불알풀이 그랬지

　희준 씨! 여긴 봄, 소나기처럼, 파랑새처럼 한 번쯤 날아와요! 세자트라, 세자트라

—

*경남 통영에 있는 RCE 세자트라(Sejahtera)숲. 한국 현대시의 가능성으
로 손꼽히던 김희준(1995-2020) 시인의 시비가 세워져 있다.

노도는 섬이 아니더라

노자의 도덕경 한 페이지 읽지 않아도
도덕적인 참나무들
그래, 외로움을 탕진한 사람들
눈물로 씻기지 않는 슬픔을 가방에 넣고
별이 자라는 바다처럼 조심조심 노 젓더라

우리 집에는 파도가 끝없이 몰려오는데
노도(櫓島)에는 노도(怒濤)가 없다는 말
순자, 맹자, 노자와 돌림자가 같은 망자가 했어

구불구불 골뱅이 속 같은
꼿꼿한 허리로는 오를 수 없는 길
속으로 부르는 노래에도 노가 있었어

어떤 물음은 짧아도 길고
어떤 대답은 길어도 짧아서

구운몽 펜션 노란 팜 트럭 탈탈대는 소리에
예상치 못한 곳에서 튀어나온 고양이
통통배 타고 들어온 여뀌와 한 살림 차렸을까

에돌다 만난 두 눈이 붉은 자주 강낭콩
인호댁 팔 남매 맏며느리처럼 속이 하나도 없더라

노을을 앞치마처럼 두른

입히고 먹이지 않아도 저 홀로 철이 드는

노도는
섬이 아니더라

무상(無常)

형벌 되는 석류나무에게 담뱃불 빌리려다 따귀 맞은 날, 신덕리로 가네, 어이, 나 왔네 해도 아무 말이 없네 귀가 없어 듣질 못했나, 따개비 같았던 옛집은 훌쩍 커 버린 아이처럼 낯서네, 심심한 듯 송홧가루가 길을 쓰네, 곱은 손으로 퍼 올리던 두레박은 객지로 나갔는지 안 계시고, 흙담 너머 내 이름 부르던 사내들은 어디로 갔는지 없네, 탱자나무 울타리 해수 아재 집은 없는 그림자 깐총하네, 해 뜬 날보다 배부른 날 더 많았던 거동댁 금줄은 아직도 왁자지껄 튼튼한지, 감나무엔 흰꼬리딱새 저 홀로 쓸쓸하네, 외마디 비명 뱉어 내던 달구 새끼 이제 없네, 뭐가 그리 바쁜지 잰걸음으로 지나가는 솜사탕 구름, 아는 체도 안 하네, 골짜기 기워 대던 산들바람도 뉘한테 혼났는지 시무룩하고

돌담 아래 민들레의 핏기 없는 얼굴은 노래가 되지 못하네, 제비분식집 떡볶이와 설탕 범벅 도너스에 달달 군침이 달라붙네, 온 동네 머리 스타일을 뽀글이로 통일해 주던 희야미용실에 달빛이 놀다 갔는지 낯빛이 누르스름하네, 어둠 갉아 대던 쥐새끼가 이팝 꽃잎 같은 틀니 반짝이며, 숨겨 놓은 담배 한 개비 물어다 주면 참 좋겠네, 고향의 생계비는 대부분 낮달이 댔을 터, 패랭이꽃도 한 대 얻어맞았는지 한쪽

볼이 벌겋네

　고향의 고향은 어디일까, 풀잎 위에 걸터앉은 청개구리일
까, 오른팔 든 채 수줍어하는 굴뚝 연기일까

　누군가 변하지 않는 것이 없다는 사실만 변하지 않는다고
했던가

　아무도 반겨 주지 않는 고향도 다 고향이라 말하는 그림자
하나, 구김살 없는 초록으로 눈이 먼다

*신덕리: 경상북도 영천군 청통면 신덕리 196번지.

허공으로 노끈 삼아 고삐 삼으니

―남은당 현봉 대종사님 영전에

一

조계산을 수놓던 초록도
탄금봉을 휘젓던 새들도 길 잃었습니다

광원암 텃밭은 넋 놓은 듯 시들합니다
주인 잃은 챙 넓은 밀짚모자와 검은 장화와
호미와 곡괭이도 눈시울이 벌겋습니다

밀탑식빵 좋아하신다 해
찾아뵐 때마다 목침 같은 식빵 안고 갔더니
―보살이 해 주는 밥 한번 무 보는 게 소원이래요
그 말씀 예사로 들은 귀가 땅을 칩니다

너는 또 다른 나
목우정도 목 놓아 울어요

우화각 물소리가 스님의 장삼 자락 스치는 소리인가요
스님 모습 찾을 길 어디에도 없습니다

―시 쓰는 소띠 보살, 소꼴값은 했네, 하하하…
탁한 마음 맑아지는 심청주 같은 그 웃음,

130

어디서 왔다가 어디로 갔나요

허공으로 노끈 삼아 고삐 삼으니
대천세계가 그대로 하나의 콧구멍,

저 허공 어디쯤 계시나요

삶과 죽음이 둘이 아니라셨지요
흰 구름 벙그는 하늘 아래 옷깃 여미며
옴 마니 파드마 훔!

속히,
속환 사바 하시어 중생 구제하셔야지요

불기 2568년 5월 1일 海圓智 합장

*현봉 대종사(1949-2024): 조계총림 송광사 제7대 방장 스님.

지도에 없는 절

　　　　이 절에 다닌 지 좀 됐습니다

　　　　풍경은 바람결에 음률 울리며
　　　　없는 길을 허공에서 찾는 걸까요

　　　　절룩이는 구름도
　　　　무풍한송 손잡고 일주문을 들어섭니다

　　　　천지간 굴리는 염주는 모가 하나도 없습니다

　　　　절 마당에 매단 오색 연등은
　　　　소원과 소원과 소원들이 낳은 알입니다

　　　　출렁과 고요 사이
　　　　초하루가 그믐처럼 삼매에 들었습니다

　　　　불두화 입술도 이제 바싹 말랐습니다
　　　　제기랄, 따라온 병이 많아 약으로 공양합니다

　—　　직박구리가 물고 온 부음을 읽다

간절한 도솔천을 스쳐 지나치기도 합니다

구구절절과 우여곡절 사이
해탈은 없고 이탈만 남은 낙엽 밟으며

살아도 죽은 것처럼,
죽어도 산 것처럼
아슬아슬 딛고 다니는

내비게이션도 잘 모르는 절

이름하여,

생로병사(生老病寺)입니다

희극의 언어로 삶의 비극을 노래하기

고봉준(문학평론가)

*

삶은 가까이서 보면 비극이고, 멀리서 보면 희극이다. 찰리 채플린의 말이라고 한다. 이 말은 흔히 삶이 비극인지 희극인지는 보기에 따라 다르다는 의미로 이해된다. 그런데 서하 시인의 시집을 읽다 보면 채플린의 저 말은 조금 수정되어야 할 듯하다. '삶은 멀리서 보면 희극이지만, 가까이서 보면 비극이다'라고. 즉 비극 쪽에 좀 더 기운 어세로 말이다. 삶이 희극과 비극이 중첩된 희비극이라는 사실에는 이견이 없다. 삶에는 상처, 실패, 눈물이 연속되는 비극적 국면도 있지만, 희망, 성취, 웃음을 경험하는 희극적 국면도 있기 때문이다. 하지만 삶에 대한 감각, 즉 삶이라는 저울이 비극과 희극 가운데 어느 쪽으로 기울었다고 느끼는 감각은 중립적일 수가 없다. 가령 철학자 쇼펜하우어는 순간으로서의 삶은 희극이지만, 결국 죽음에 이른다는 점에서 전체로서의 삶은 비극이라고 주장하지 않았는가. 그렇다면 서하 시인에게 삶은 비극에 가까운 것일까 희극에 가까운 것일까. 이 시집을 읽는 내내 나는 이 물음을 놓치지 않으려고 노력했다.

서하의 시는 '언어'의 질서를 중심으로 직조되어 있다. 이때의 '언어'란 우리가 시는 '언어예술'이라고 말할 때의 그것, 즉 음악이 소리를, 미술이 색을 재료로 삼듯이 시는 언어를 '재료'로 삼는다는 의미에서의 '언어'가 아니다. 사실 이러한 주장은 시의 '언어'에 대해 아무것도 설명하지 못한다. 왜냐하면 시의 '언어'는 우리가 일반적으로 이야기하는 언어, 정확히는 커뮤니케이션의 수단인 언어와 같은 것이 아니며, 본질적으로 시의 '언어'는 사물(대상)을 지시하는 기능과 그것을 대체하는 기호적 기능을 동시에 지니기 때문이다. 요컨대 시의 언어는 사회적 약속으로서의 언어와 정확히 포개지지 않는다. 이 때문에 '시는 언어예술이다'라는 진술은 성립될 수 있지만 반대로 '언어예술이 시이다'라는 주장은 성립되기 어렵다. 서하의 시에서 '언어'는 화용론, 음성론 등의 자질, 특히 '의미'의 상관관계가 아니라 단어와 단어가 음성적 또는 연상적인 계기에 따라 제시되는 것을 뜻한다. 그녀의 시에서 언어유희, 변용, 차용 등 다양하게 시도되는 언어의 변주(variation)는 '의미'를 중심으로 운영되는 기존의 언어 관습과 문법을 벗어나는 것은 물론이고 특유의 유머와 위트로 인해 시집 전체의 희극적 성격을 강화한다. 가령 우리는 "확신은 신발이 아니에요"나(「따뜻한 무관심」) "허수아비와 허수의 친자관계 99% 성립, 싱크대와 싱크홀의 친자관계는 전문가의 정밀진단이 요구된 상황"(「싱크홀 포비아」) 같은 언어유희와 마주할 때, 혹은 "목"이 "골목"을 거쳐 "면목"으로, "아랫목"으로, "샛골목"으로, 그리하여 "맹목"에 도달하는 장면이 등장할 때(「목 없는 골목」) 그녀의 시에서 희극성을 발견하고 미소를 짓게 된다. 하지만 이러한 언어, 즉 단어의 연쇄와 변용의 변주에 시선을 빼앗길 때, 우리는 그녀의 시가 숨기고 있는 삶의 비극성을 보지 못한다.

세계와 삶에 대한 시인의 인식은 근본적으로 비극적이다. 이번 시집에 수록된 작품들 가운데 '슬픔'이라는 단어가 포함된 시가 많다는 사실이 그것을 말해 준다. '슬픔'은 서하 시의 주조(主潮)이다. 다만, 시인은 '슬픔'을 슬픔의 언어가 아니라 웃음의 언어로 표현하고 있다. "아플수록, 더 씩씩하게 웃었다"나(「소서」) "울 일 많은 사람은 차라리 웃어요"라는(「달 아항 저, 노을」) 진술에서 그 이유를 짐작할 수 있을 듯하다. 정신분석학적으로 설명하자면 서하 시에서 두드러지는 희극성, 즉 웃음, 유머, 위트 등은 개인의 무의식적 욕망이 표현된 '증상(symptom)'이라고 말할 수 있다. 그것은 억압된 욕망이나 말할 수 없는 진실이 특정한 방식으로 드러난 것이고, 그런 의미에서 이 희극성은 읽어야 할 텍스트, 그 이면에 숨겨져 있는 욕망의 구조를 들여다볼 수 있는 단서이다. 인간은 저마다 자신만의 '증상'을 통해 실재의 구멍을 견디며 살아간다. 서하 시의 '증상=언어유희'는 그녀가 슬픔을 견디는 방식이자 서하 시의 특이성(singularity)이라고 말할 수 있다. 아래에서는 "저 폭포 같은 폭소 속에 조약돌처럼 반짝이

는 슬픔이 숨어 있단 걸 그 누가 알까"라는 진술(「소서」), 이것
에 의지하여 시집 전체를 관통하고 있으면서도 좀처럼 전
면에 드러나지 않는 거대한 슬픔의 정체를 읽어 보려 한다.

반으로 가른 배추를 펼쳐요 노란 속지가 꽂이네요 꼬랭이에
묶인 한 잎 한 잎 젖혀 가며 읽다 보면 금방 벌게져요 이해는
저리도 붉어요 표지 같은 앞치마에도 낙서 같은, 붉은 것들은
오지게 매워요 양념이, 태양이, 노을이 그래요

책을 켜고 불을 읽을 때, 호호거리며 두 장씩 넘겨 경중경중
읽으면 안 돼요 속도보다 방향, 경찰차가 빙빙 도는 경광등 보
며 괜히 긴장하듯, 살얼음의 옆모습을 읽어요

건성으로 하는 사랑은 금방 들켜요

황석어젓처럼 곰삭은 여인이 긴장 몇 포기하셨어요 안부 물을
때, 김치 통에 사는 만성 요통이 길어 올린 대답, 페이지마다
둥지 트는 긴장은 언제 책장이 되나요

갓 태어난 긴장이 가장 맛있다 우기지 않아도, 아득하고, 가
득하고, 어둑한 긴장, 식기 전에 어서 두툼을 썰어야지요 빛나
는 문장 덕분에, 숭덩숭덩 썬 긴장을 결 방향으로 차근차근 읽
어요 그저 읽을 뿐, 보이지 않는 긴장, 굳이 셀 필요 있나요
　　　　　　　　　　　　　　　　　　—「긴장 몇 포기 하셨어요」 전문

　1연과 2연은 각각 '배추'와 '책'에 관한 이야기이다. '배추'와 '책', 화자는 이 이질적인 사물 사이에서 유사성을 발견하는 것에서 시작한다. "반으로 가른 배추를 펼쳐요 노란 속지가 꽃이네요"라는 진술처럼 배추는 '펼치다'라는 서술어로 인해, '속지'가 존재한다는 점에서 '책'의 일종으로 간주된다. 또한 "꼬랭이에 묶인 한 잎 한 잎 젖혀 가며 읽다 보면"이라는 진술처럼 '배추'는 다수의 이파리가 묶여 있는 형태적 유사성에 따라서도 '책'이라고 말해질 수 있다. 이러한 유사성에 기대어 화자는 '배추'를 읽는다. 이것만이 아니다. 김장용 배추는 "호호거리며 두 장씩 넘겨 경중경중 읽으면 안" 된다는 점에서 '책'의 일종이라고 말할 수 있다. 그리하여 "괜히 긴장하듯, 살얼음의 옆모습을 읽어요"라는 진술에 이르면 '책=배추'라는 등식이 성립한다. 다음 순간, 화자에게 "긴장 몇 포기하셨어요"라는 문자가 도착한다. 원래 이 문장은 '김장 몇 포기하셨어요'라는 문자였어야 할 것이다. 하지만 '김장'이 '긴장'으로 미끄러지자 연이어 '김치통'이 '만성 요통'으로, 그리고 '긴장'이 '책장'으로 잇달아 변주된다. 이러한 언어유희는 '아득'이 '가득'으로, 다시 '어둑'으로 변주되는 장면에서도, '김장'이 '문장'으로 미끄러지는 장면에서도 반복된다. 요컨대 시인은 언어를 의미의 연쇄에서 이탈시켜 음성적 연쇄 속으로 투사함으로써 시어를 계속 미끄러지게 만들어 시어들이 쉽게 소비되기 어렵게 만든다. 이러한 언어의 반복적인 미끄러짐과 변주는 유희적 효과를 발생시킨다.

유희적 효과만이 아니다. 서하의 시는 종종 언어를 '의미'의 층위에서 이탈시켜 소리 또는 연상의 층위에 재배치한다. 이는 시인이 '언어'를 중심으로 세상을 인식한다는 증거이다. 가령 '나비쥐포'라는 특정한 어류의 명칭을 접했을 때, 시인에게는 '쥐포'보다는 '나비'라는 기호가 한층 강렬하게 다가온다. "나비가 되기 전까지 쥐였어"라는 진술이 가능한 이유가 바로 그것이다(「나비쥐포」). 마찬가지로 '흠집'이라는 단어를 마주할 때, 시인의 뇌리에 가장 먼저 각인되는 것은 '흠'이 아니라 '집'이라는 단어이다. "흠집도 집이었구나"라는 표현은 이러한 언어적 인식의 산물이다(「흠집」). 이처럼 서하의 시에서 언어는 의미로 환원되지 않고 또 다른 언어, 이를테면 음성적인 자질이 유사한 단어를 불러낸다. 이러한 특징을 잘 보여 주는 작품이 바로 「빈 깡통」이다.

빈 깡통이 정말 요란하던가요 그 말은 틀린 말입니다 틀린 말은 저 혼자서도 쓰러집니다 쓰러진 얼굴은 뜬금없는 이별처럼 푸석한데요

꿈속에서 누군가에게 쫓길 때, 아무리 소리쳐도 말이 나오지 않을 때처럼 푸석함이 웅성거리는 말, 좀체 알아들을 수 없는데요

쭈그리지 않아도 쭈그러든 깡통 전세처럼

버려진 시간이 꽈배기처럼 배배 꼬였습니다 추신처럼 내리

는 눈도 쓰러진 깡통 밑에는 내리지 않습니다

든 게 없어 요란하다고요? 아니에요 다시 보니 빈 깡통이 고
요로 꽉 찼네요

끌어안은 텅 빈 충만 사라질까 바람은 뒤꿈치 들고 걸어요
—「빈 깡통」 부분

　　이 시는 "빈 깡통"은 비어 있지 않고 '고요'로 충만한 상태
라는 인식의 전환을 표현하고 있다. 화자는 "빈 깡통이 정말
요란하던가요"라는 상투적인 진술은 정정되어야 한다고 주
장한다. 하지만 "그 말은 틀린 말입니다"라는 화자의 진술
은 음성적 동일성, 즉 말(言)이 말(馬)로 미끄러지면서 엉뚱한
방향으로 전개된다. "틀린 말은 저 혼자서도 쓰러집니다"라
는 진술이 그것이다. 전자의 "틀린 말"에서 "틀린"은 잘못
된 인식을, "말"은 '말(言)'을 각각 가리킨다. 반면 후자의 "틀
린 말"에서 "틀린"은 경상도 방언으로 소생할 가망이 없는,
일 따위가 계획한 대로 되지 않음을, "말"은 '말(馬)'을 각각
뜻한다. 즉 시인은 동일한 언어 기호가 맥락이 달라짐으로
써 의미가 완전히 달라지는 사례를 통해 말/언어 자체를 낯
설게 만들고 있다. 이러한 낯설게 하기는 "쓰러집니다"라는
서술어가 "쓰러진 얼굴"로 이어지는 장면에서 반복된다. 전
자의 '쓰러지다'는 힘이 빠지거나 외부의 힘으로 인해 서 있
던 상태에서 바닥에 눕는 상태가 되는 것을 의미하지만, "쓰

140

러진 얼굴"에서 "쓰러진"은 형체나 현상 따위가 차차 희미해지면서 없어지다라는 뜻의 '스러진'을 잘못 표기한 것으로 보인다. 게다가 시인은 "빈 깡통"이라는 단어를 "깡통 전세"로, 다시 그것을 "총깡총깡"으로 변주하는데, 이러한 변주는 "빈 깡통"이 비어 있지 않고 '고요'로 충만한 상태라는 인식의 무게감을 한층 가볍게 만든다. 요컨대 시인은 묵직한 느낌의 단어가 놓여야 할 자리에 의도적으로 가벼운 단어를 배치함으로써, 혹은 그것을 예상하지 못한 방향으로 미끄러지게 함으로써 시 세계 전체를 경쾌하게 만든다. 이러한 면모는 2022년 10월의 이태원 참사를 다룬 「목 없는 골목」에서 절정에 이른다. 이 시에서 화자는 "목 없는 골목, 곤란해요 호흡이"와 "저 바닥에 뚜렷한 생, 사, 생, 사, 생, 사…" 등의 진술을 통해 사태의 참혹함에 대해 말하려는 태도를 드러내지만, 그것은 이내 "골목"이 "면목"으로, "아랫목"과 "맹목"으로 미끄러지면서 독자가 기대할 법한 비극적 슬픔과 애도의 분위기를 아슬아슬하게 비켜 간다.

*

　서하의 시에서 '언어'의 다양한 변주는 일반적인 언어유희와는 다르다. 한편으로 그것은 시인이 언어를 '의미'가 아닌 다른 층위에서 이해한다는 증거이고, 다른 한편으로 그것은 어떠한 사태, 가령 그 언어의 이면에 놓여 있는 세계가 온전히 드러나는 것을 은폐하거나 유예시키기 위해 동원된

가면이다. 이러한 의미에서 서하의 시는 웃음의 언어로 쓴
눈물의 이야기, 혹은 희극의 형식으로 쓴 비극이라고 말해
도 좋을 듯하다. 서하의 시에서 언어유희와 언어 변주는 희
극적 요소보다는 슬픔을 회피하기 위해 고안된 표현 방식
처럼 보인다. 이와 관련하여 "최고의 복장은 표정, 슬프지
않은 척했다", "이 슬픔이 전복(顚覆)되기를 빌고 또 빌었다"
라는 진술은 매우 의미심장하다(「내가 말,이오」). 요컨대 서하의
시에서 언어의 변주와 거기에서 발생하는 희극적 효과는
일종의 '표정'이다. 또한 그것은 '슬픔'이 전복되기를 바라
는 마음으로 쓴 시적 가면이다. 그 가면 뒤에는 어떤 표정이
존재할까?

맨홀 앞에서도 언니 들어가, 부엌 아궁이 앞에서도 언니 들어
가, 깜깜한 냉동실 앞에서도 언니 들어가, 펄펄 끓는 국솥 앞에
서도 언니 들어가, 기저귀 갈아 주는 엄마 앞에서도 언니 들어
가, 화장장 앞에서도 언니 들어가, 무덤 앞에서도 언니 들어가

긴 통화 끝낼 때 그녀가 즐겨 쓰는 말,
─언니 들어가

우체통에 사정없이 밀어 넣는 편지 같은, 와글대는 종량제
봉투 꾹꾹 눌러 묶은 매듭 같은, 무한 재생 여자의 일생을 꾹
눌러 꺼 버리는 스위치 같은, 소낙비 쏟아진 후 접은 우산에서
떨어지는 빗물 같은, 숙변 쏟아 낸 뒤 쓱 닦은 휴지 같은

따르르, 따르르 뚫은 구멍으로 청딱따구리 들어가듯, 언니
들어가, 기준도 표준도 없이 계속 번지는 들불처럼

그녀 입안에, 내 귀에 소복한 언니 들어가

—「언니 들어가」 전문

이 시는 언어의 변주가 항상 웃음과 유머로 귀결되지 않
음을 보여 준다. 이 시에는 "언니 들어가"라는 동일한 기표
가 열 번 등장한다. 그런데 이 동일한 기표들은 사실 동일한
것이 아니다. "언니 들어가"라는 동일한 기표는 왜 다른 기
호로 간주되어야 하는가? 그것은 각각의 "언니 들어가"가
서로 다른 질감을 갖고 있기 때문이다. 1연에 등장하는 일
곱 번의 "언니 들어가"를 찬찬히 읽어 보면 이 동일한 기표
의 질감이 조금씩 다르다는 것을 알 수 있다. 이런 점에서
이 시는 언어에서 본질적인 것은 '의미'나 '정보'를 전달하
는 것이 아니라 잉여성(redundancy)이라는 사실을 알려 주는
좋은 사례이다. 알다시피 "언니 들어가"라는 진술은 청자인
'언니'에게 어떤 공간에 들어갈 것을 지시, 명령하는 표현일
수도 있고, 이별의 순간에 조심해서 귀가하라는 정서적 기
능의 인사말일 수도 있다. 또한 그것은 전화 통화를 마무리
하는 상태라면 수화기를 내려놓는다는 의미일 수도 있다.
이처럼 "언니 들어가"라는 진술은 그것이 놓인 맥락에 따라
다양하게 해석된다. 후기 비트겐슈타인은 언어의 이러한 성

질에 주목하여 단어의 의미는 용법에 있다고 주장했다.

이 시에는 언어의 화용론적 성격 외에도 몇 가지 주목할 점이 있다. 먼저 “언니 들어가”라는 말의 발화 주체를 확정하는 일이다. “긴 통화 끝낼 때 그녀가 즐겨 쓰는 말,/—언니 들어가”라는 진술에서 확인되듯이 이 진술의 발화 주체는 화자가 아니라 ‘그녀’이다. 우리는 ‘그녀’의 정체를 알지 못한다. 다만 “언니 들어가”라는 진술이 발화되는 장소들에서 그것을 추측할 수 있다. 1연에서 “언니 들어가”라는 진술은 “깜깜한 냉동실”, “펄펄 끓는 국솥”, “기저귀 갈아 주는 엄마”, “화장장”, “무덤” 앞에서 발화된다. 여기에서 ‘엄마’는 ‘나’의 엄마이고, ‘언니’는 발화 주체인 ‘그녀’가 ‘나’를 부르는 호칭이다. “언니 들어가”라는 진술이 전제하고 있는 가상의 청자는 ‘나’다. 요컨대 이 시의 중심에는 ‘엄마’의 죽음으로 추측되는 실존적인 사건이 놓여 있다. ‘엄마’의 죽음과 장례식, 이 거대한 슬픔의 사건은 화자에게 “언니 들어가”라는 말로 남았다. “그녀 입안에, 내 귀에 소복한 언니 들어가”가 그것이다.

넘어져서 하는 말이 또 넘어져요

꽃이 말하는데 엄마 목소리 들려요

다급한 구급차 소리가 콩죽 먹고 배 앓는 소리예요

흰 가운이 어긋난 꽃 앞에서 자주 사진을 찍고 오래 들여다
보기도 해요

어리연, 왜개연, 백련, 홍련과는 친구 사이에요

뾰족한 못은 뼛속에다 숨겼으므로 아버지의 밀짚모자 하나
걸지 못해요

독한 약기운에 잠든 뿌리 살피느라 휠체어는 밤낮 뜬눈이에요

바람 드셀수록 높이 나는 가오리연은 이종사촌이에요

어라, 바닥에서 핀 꽃에서도 향기가 나네요

담 넘어간 소문에 피붙이들 벌떼처럼 잉잉대기도 해요

황련보다 누런,

마른 시래기 같은 시련

고인 물속에 하염없이 피었어요

—「시련이 피었어요」 전문

서하의 시에서 '슬픔'의 밑바닥에는 '가족' 이야기가 있다.

"꽃이 말하는데 엄마 목소리 들려요"라는 진술처럼 그 '가족'의 중심에는 '엄마'가 있다. 화자에게 '엄마'의 삶은 "시련"이라는 두 글자로 요약된다. 다만 그녀는 여기에서도 어김없이 "시련"을 연꽃의 일종인 것처럼 제시함으로써 "시련"에 관한 구체적 진술을 피해 간다. 가령 "시련"을 가리켜 "어리연, 왜개연, 백련, 홍련과는 친구 사이"라거나 "가오리연은 이종사촌"이라고 소개할 때, 혹은 "황련보다 누런,//마른 시래기 같은 시련"이라고 변주할 때가 그렇다. 그런데 이런 언어 변주를 배제하고 읽으면 이 시가 '엄마'에게 발생한 어떤 상황을 시화(詩化)한 것임을 알 수 있다. "넘어져서 하는 말이"라는 진술로 시작하는 것으로 보아 이 상황은 '엄마'가 넘어지는 사건에서 시작된 듯하다. '엄마'는 넘어지면서 '목소리'를 남겼고, "다급한 구급차 소리"가 그 뒤를 잇는다. "흰 가운"을 입은 사람들이 엄마의 "사진을 찍고 오래 들여다보기도" 하고, 사진 속 '엄마'의 몸에는 부러진 뼈를 잇댄 "뾰족한 못"이 있다. '엄마'는 어떻게 되었을까? "독한 약기운에 잠든 뿌리 살피느라 휠체어는 밤낮 뜬눈이에요"라는 진술이 사태를 암시하고 있다.

서하의 시에 등장하는 가족에 관한 이야기를 조금 더 살펴보자. 「다 팔아 뿌믄 나는 머 하는교」의 화자는 장에 갔다가 "지붕도 없는 좌판"에서 고구마 줄기를 팔고 있는 노인의 모습에서 얼핏 "수년 전에 죽은 동생"과 "내 열네 살" 무렵의 자신을 목격한다. 「싱크홀 포비아」에서는 "그해 여름, 한마디 말없이 동생은 갔고, 천둥같이 한숨 쉬는 엄마"가

146

등장한다. 「시련이 피었어요」에서는 '엄마'는 넘어져서 병원으로 이송된 후 "독한 약기운" 때문에 침대에 누워 있고, 「언니 들어가」에서는 '화장장'과 '무덤'이 가리키듯 죽은 존재로 그려지며, 「여자가,」에서는 "선산대학"에 입학한 것으로 제시된다. 시인에게 '아버지'는 "가화에 관심 없던 아버지", "사랑하지도 않는 아버지", "노름하는 아버지", "죽은 아버지"처럼 시종일관 부정적 존재로 인식된다(「눈물이 돌처럼 바작바작 씹혔다」).

*

삶은 "뒤꿈치에 선명한 저 구멍"처럼 슬프고 누추한 것이다. 하지만 "꼬질한 삶도 결국 생물이라서, 살이 다 보이도록 뚫린 구멍이 구명(救命)이었고 구원이었음"을 부정할 수는 없다.(「구멍 난 양말」) 죽음을 선택하지 않는 한 우리는 그 "꼬질한 삶"을 온전히 감내해야 하고, 그 안에서 더 나은 삶을 꿈꾸어야 하기 때문이다. 삶은 이런 슬픔과 누추함을 견뎌야 하는 시간이니, 시인에게는 '시=언어'가 그 시간을 견디는 힘의 원천이었을 것이다. 이런 의미에서 서하의 시는 근본적으로 실존적이다. 그녀의 화자들이 "내가 찾아다니는 나는 누구입니까"라고 질문하거나(「나는 누구입니까」) 자신을 무수한 '나들'로 분열시키면서 "나에겐 내가 없다"(「무아(無我)—나에겐 내가 없다」)라고 말하는 것은 상실감이 지배하는 시인의 내면 상태를 보여 준다. 따라서 그녀의 화자가 "친한 아픔 하나 없이 밤이 오면 무슨 재미래요"라고 말할 때(「친한 아픔 하나 없이 밤이 오면 무슨 재미래요」), 그것은 '아픔'에 대한 긍정이 아니라 '아픔'의 바깥이 존재하지 않는 생의 슬픔에 관한 진술로 이해되어야 한다.

덜 삶은 수육처럼 질겨요 내 슬픔은, 질김을 졸이고 있어요 잃어버린 아이를 위해 옷을 사듯 슬픔에서 가장 먼 곳은 슬픔, 아무리 조심해도 자주 질척였어요

낮잠에서 깬 네 살짜리가 들일 나간 엄마 찾아 헤매던 막막함이 신작로 한복판에 퍼질러 앉았어요 동그란 입속으로 갑자기 나타난 집채만 한 트럭이 들어갔다 나왔어요 스물넷의 땡감 같은 죽음은 죽지도 않고요 두 손 가득 토끼풀을 뜯어 깃발처럼 흔들던 나부낌 알 수 없어요

토끼풀 쥐어뜯던 손, 비 젖은 양말처럼 잘 마르지 않아요 꿉꿉함도 햇살 찾아 자리를 비운 13월을 머플러처럼 두르고 돌아다녀요

슬픔을 슬기로 생각한 여자와, 슬기를 슬픔으로 생각한 남자, 누가 더 당당할까요

산사나무 열매 같은 저녁, 혼자 집에 들어가니 술 취한 별 하나 식탁 앞에 앉아 있어요 오늘은 혼밥하지 않아도 되겠어요

돌덩이도 졸이면 빵이 될까요 졸인 밤이 사뿐히 가라앉아요

밤은 슬픔도 졸아들 시간, 밥그릇 속 박힌 달을 꺼내고, 한 스푼의 별을 떠먹어요

주문하지 않은 당당한 슬픔, 딱 일 인분이에요
―「당당한 슬픔」 전문

삶은 "구멍 난 양말"처럼 슬프고 누추하며, 그 삶을 짓누르고 있는 '슬픔'은 "덜 삶은 수육처럼 질"기다. '슬픔'은 서하의 시에서 삶의 근본적인 성격을 설명하는 가장 간명한 명사이다. 화자는 이 질긴 '슬픔'의 질척거림에서 벗어나기 위해 그것을 졸인다. 하지만 "슬픔에서 가장 먼 곳은 슬픔"이라는 말처럼 그녀의 삶에는 '슬픔'의 외부가 존재하지 않는다. 「쉿! 슬픔이 지나가고 있어요」는 이러한 '슬픔'이 세계를 지배하는 원리임을 분명하게 보여 준다. 이 시의 화자는 자동차를 타고 "고향 마을 요양원"으로 향하고 있다. "허공 가르며 맨발을 터는 고라니가 몰래 지나가듯, 어깨가 낡은 지붕처럼 휘어진, 아버지의 구순도 몰래몰래 지나가고 있어요"라는 진술에서 알 수 있듯이 그곳에는 구순(九旬)의 '아버지'가 존재한다. '아버지'를 찾아가는 길, 화자에게 그 도로 위의 시간은 온통 '슬픔'으로 경험된다. 이 시에서 '슬픔'은 화자의 감정에 국한되지 않고 세상의 속성으로 격상된

다. 세상은 '슬픔'이 지배하는 곳이다. 그리하여 "슬픔은 다리를 넷이나 데리고 무사히 지나갈 수 있을까요"처럼 자동차를 움직이는 동력도 '슬픔'에서 나오고, "길이//슬픔의 심장 한 조각을 베어 먹어요"와 "길의 뱃속에서 불 밝힌 슬픔이 지나가도록 조용히 해 주실래요"처럼 '슬픔'이 '길'의 부분집합으로 인식되기도 한다. 시인은 이런 '슬픔'에 대한 인식을 '세월'과 포갬으로써 '삶'에 관한 시적 정의 하나를 제시하고 있다. "보이지 않아 없다는 말은 너무 희미해요 터널을 뚜껑처럼 열면 쪼그리고 있는 세월이 보일까요 이미 지나갔거나 지나가지 않았거나 지워지지 않는 것이 있어요 맨발로 서성이는 슬픔은 언제 지나갈까요".

「당당한 슬픔」에서 화자는 '삶'을 두 개의 시간으로 표현한다. 밤늦은 시간 혼자 대면하는 "딱 일 인분"의 '슬픔'이 그 하나이고, "네 살짜리가 들일 나간 엄마 찾아 헤매던" 순간부터 현재까지 이어지는 지속되는 '슬픔'이 다른 하나이다. 그때부터 시인은 "13월"처럼 현실에 존재하지 않는 유령 같은 '슬픔'의 시간을 살아왔다. 동그란 입속으로 "집채만 한 트럭"이 들어갔다 나왔다는 것, 그리고 "스물넷의 땡감 같은 죽음은 죽지도 않"는다는 것은 이 '슬픔'의 밑바닥에 누군가의 죽음이 자리하고 있음을 암시한다. "살아도 죽은 것처럼,/죽어도 산 것처럼/아슬아슬"한 이 삶의 내력을 시인은 "구구절절과 우여곡절 사이"에 위치한 것으로 표현한다(「지도에 없는 절」). 그리고 지금, 시인은 "산사나무 열매 같은 저녁" 시간에 귀가해 혼자 늦은 저녁을 준비한다. 그녀는 "밤은 슬픔도 졸아들 시간"이라고 생각한다. 하지만 밥을 먹으면서 그녀가 마주한 것은 "딱 일 인분"의 '슬픔'이다. '슬픔'에는 외부가 없기 때문이다. 다만, 시인은 이 '슬픔'을 "주문하지 않은 당당한 슬픔"이라고 표현한다. 이 슬픔은 왜 "주문하지 않은 당당한 슬픔"일까? 그것은 시인의 의지와 상관없이 도래한 것이기에 "주문하지 않은" '슬픔'이며, 시인에게 '외로움'과 '슬픔'은 '구명(救命)'과 '구원', 즉 살아갈 힘으로 인식되기에 "당당한 슬픔"이다. '당당함'은 '슬픔'이 지닌 속성이 아니라 그것을 대하는 시인의 태도이다.

형벌 되는 석류나무에게 담뱃불 빌리려다 따귀 맞은 날, 신덕리로 가네, 어이, 나 왔네 해도 아무 말이 없네 귀가 없어 듣질 못했나, 따개비 같았던 옛집은 훌쩍 커 버린 아이처럼 낯서네, 심심한 듯 송홧가루가 길을 쓰네, 곱은 손으로 퍼 올리던 두레박은 객지로 나갔는지 안 계시고, 흙담 너머 내 이름 부르던 사내들은 어디로 갔는지 없네, 탱자나무 울타리 해수 아재 집은 없는 그림자 깐총하네, 해 뜬 날보다 배부른 날 더 많았던 거동댁 금줄은 아직도 왁자지껄 튼튼한지, 감나무엔 흰 꼬리딱새 저 홀로 쓸쓸하네, 외마디 비명 뱉어 내던 달구 새끼 이제 없네, 뭐가 그리 바쁜지 잰걸음으로 지나가는 솜사탕 구름, 아는 체도 안 하네, 골짜기 기워 대던 산들바람도 뉘한테 혼났는지 시무룩하고

(중략)

고향의 고향은 어디일까, 풀잎 위에 걸터앉은 청개구리일까,
오른팔 든 채 수줍어하는 굴뚝 연기일까

누군가 변하지 않는 것이 없다는 사실만 변하지 않는다고
했던가

아무도 반겨 주지 않는 고향도 다 고향이라 말하는 그림자
하나, 구김살 없는 초록으로 눈이 먼다

—「무상(無常)」 부분

사는 일이 고단할 때, 가령 "형벌 되는 석류나무에게 담뱃
불 빌리려다 따귀 맞은 날"이면 시인은 '신덕리'로 향한다.
'신덕리'는 시인의 '고향'으로 짐작된다. 고향이 "존재 자체
의 근저"라는 하이데거의 철학적인 목소리를 떠올리지 않
더라도 우리는 상처 입은 존재에게 고향이 어떤 의미인지
알고 있다. 그곳은 유년의 세계이며 원초적인 세계이다. 고
향의 익숙함은 그곳을 찾는 모든 사람에게 심리적 안정감
과 위로를 제공한다. 추측건대 이 시의 화자 또한 그런 기대
를 안고 고향을 찾았을 것이다. 하지만 여기에서 고향은 "어
이, 나 왔네"라는 화자의 부름에 아무런 응답도 하지 않는
다. 옛집은 낯설고, 거리에는 송홧가루가 흩날리고, 우물에
는 두레박이 없다. 흙담 너머에서 자신의 이름을 부르던 사
내들의 자취도 찾을 수가 없고…. 고향(익숙한 세계)은 이미 오

152

래전에 '낯선 곳'으로 바뀌었다. 제행무상(諸行無常)이다. 화자는 "아무도 반겨 주지 않는 고향"에서 "변하지 않는 것이 없다는 사실만 변하지 않는다"라는 진실을 실감하면서 "고향의 고향은 어디일까"라고 묻는다. 서하의 시에서 이러한 고향 상실은 유년의 시인을 둘러싸고 있던 세계, 가령 가족, 이웃, 공간 등이 시간의 저편으로 완전히 사라졌다는 것을, 동시에 그녀가 그 세계에서 이미 너무 멀리까지 와 버렸다는 것을 보여 주는 증거이다. 어쩌면 그 원초적인 시간에서 추방되어 '어른'의 세계에 편입되는 순간부터 우리 모두에게 '삶'은 '슬픔'의 시간인 것이 아닐까. 이런 의미에서 '어른'의 '웃음'은 '슬픔'의 또 다른 표현인지도 모른다.